지금 행복해질 너에게

지금 행복해질 너에게

다정한 너에게 전하는 위로와 용기 한 스푼

초 판 1쇄 2024년 09월 11일

지은이 생각쟁2
펴낸이 류종렬

펴낸곳 미다스북스
본부장 임종익
편집장 이다경, 김가영
디자인 윤가희, 임인영
책임진행 이예나, 김요섭, 안채원

등록 2001년 3월 21일 제2001-000040호
주소 서울시 마포구 양화로 133 서교타워 711호
전화 02) 322-7802~3
팩스 02) 6007-1845
블로그 http://blog.naver.com/midasbooks
전자주소 midasbooks@hanmail.net
페이스북 https://www.facebook.com/midasbooks425
인스타그램 https://www.instagram.com/midasbooks

ⓒ 생각쟁2, 미다스북스 2024, *Printed in Korea*.

ISBN 979-11-6910-784-6 03810

값 18,500원

🐟 **미다스북스**는 다음세대에게 필요한 지혜와 교양을 생각합니다.

지금 행복해질 너에게

생각쟁2 지음 ——

다정한 너에게 전하는 위로와 용기 한 스푼

무엇인가를 글로 풀어낸다는 것은 자신이 말하고자 하는 것을 독자에게 제대로 전달해야 한다는 부담 때문에 그리 쉬운 작업이 아닙니다. 수필이라는 글을 쓸 때는 더욱 그러할 것 같습니다. 소소한 일상생활 얘기를 통해 자신의 내면, 즉 생각이나 느낌, 감정 등을 진솔하게 풀어내어 독자와 공감대를 형성해야 하는 것이 쉽지 않은 일이기 때문입니다.

저자가 타인과 잘 소통을 못하는 성품을 가진 사람이라면 더욱 그러하겠지요. 제가 알고 있는 저자는 이 책의 프롤로그에서도 밝혔듯이 자신을 잘 드러내지 못하는 내향인에다가 자신보다 남을 먼저 생각하는 '타인중심인'입니다. 그래서 수필집을 낸다는 얘기를 들었을 때 깜짝 놀랐습니다. "아니, 이렇게까지 자신을 남에게 보여줄 만큼 용기 있는 사람이었나?"

그런 점에서 저는 이 수필집을 출간한 저자에게 큰 찬사를 보내고 싶습니다. 한편으로 저자가 내향적이고 소극적인 자신을 자기 안에 가두어 두지 않고 자존감을 키워 가면서 외부와 연결하려고 노력하고 있다는 점에 찬사를 보내고, 다른 한편으로는 이 책을 통해 여기저기 치이고 부딪혀 상처받은 사람에게 세상을 바라보는 긍정적인 자세와 힘든 마음을 다스릴 수 있는 용기를 키우도록 도와주고 있다는 점에서 찬사를 보냅니다.

이 수필집은 초등학교 교사이자 한 아이의 엄마, 한 남자의 아내인 저자가 우리 주변에서 쉽게 접할 수 있는 다양한 에피소드를 통해 자신의 내면을 보여주고 있습니다. 편하게 읽으면서 마음의 평안과 위로를 얻을 수 있을 뿐 아니라, 자신을 사랑하고 성장시키는 법을 배울 수 있는 좋은 수필집입니다.

이 책을 읽으면서 이전에 유행했던 소확행(小確幸)이라는 말이 생각나네요. 독자 여러분도 부디 이 수필집을 통해 소확행 얻으시길 바랍니다.

▍한국교원대학교 영어교육학과 교수 **민찬규**

생각쟁2의 글을 읽으면서 문득 이런 생각이 들었습니다. 세상을 살아간다는 것은 너와 나의 스치는 인연에 관한 이야기를 만들어 가는 것이 아닐까 생각하게 되었습니다. 스치는 듯 아닌 듯한 이야기는 설계도 없는 인생 길에서 만들어진 인연이라 때로는 구불구불한 모습으로, 때로는 울퉁불퉁한 모습으로, 때로는 흙탕에 빠진 모습으로, 가끔씩은 마르고 정돈 잘 된 모습으로 흔들리면서도 바로 서서 걸어가려는 사람들의 이야기입니다.

사람이 산다는 것은 사람 속에서 힘들어하는 다른 사람을 돕고 내가 가진 생각을 나누면서 함께 살아가기 때문에 '살'의 명사형인 '삶'이겠지요. 사람이 비에 젖어 울고 있을 때에 옆에 기댈 수 있는 어깨가 되어 주는 것도 사람이고 우산을 펼쳐 손에 쥐어 주는 것도 또한 사람입니다. 생각쟁2 책은 나와 너에 대한 깊은 성찰과 애정에서 나온, 때로는 기댈 수 있는 어깨가 되고 때로는 우산이 되어주기도 하는 이야기입니다. 마찬가지로 글을 읽는 독자 한 사람 한 사람인 내가 생각쟁2, 너에게 어깨가 되고 우산이 되기도 하는 이야기입니다. 여기 나온 이야기는 나와 너의 이야기이고 사람이 살아가는 인연에 관한 이야기입니다.

책을 읽으면서 평소 무심히 넘긴 것들을 소중히 여기고 마음이 정화되는 것을 느꼈습니다. 그리고 언젠가 오게 될 우리 인생의 맑은 하늘을 소망하게 되었습니다.

▌ 한국교원대학교 영어교육학과 교수 김정렬

세상에는 힘든 사람이 참 많습니다. 살아가는 것이 가끔 버겁고 벅차게 느껴질 때도 있습니다. 이런 세상에서 행복해지기 위한 마음을 먹는 것이 사치스럽게 느껴지기도

지금 행복해질 너에게

합니다. 하지만 인간은 행복해질 자격이 있습니다. 아니, 우리는 행복해지기 위해서 살아가는 것입니다. 그리고 행복해지기 위한 가장 좋은 방법은 내가 행복할 수 있다는 것을 인식하는 것입니다.

작가는 힘들었던 경험과 그 과정에서 얻은 지혜를 통해 우리 함께 행복해지자고 이야기하고 있습니다. 가끔은 누군가의 따뜻한 시선과 말 한마디에 위안을 얻고 용기를 얻는 것이 사람입니다. 책을 읽는 내내 따뜻한 시선과 감성에 저도 함께 따뜻해졌습니다. 이 책을 읽고 행복해질 용기를 가지시길 바랍니다. 우리는 모두 행복할 자격이 있습니다. 지금 행복해질 당신에게 이 책은 좋은 친구가 되어줄 것입니다.

▎『마흔, 이제는 책을 쓸 시간』 저자 부아C

이 책은 특별한 사람의 이야기가 아닌 우리 모두의 이야기다. 우리는 언제든 관계에 지칠 수 있고 우울과 불안으로 무너질 수 있으며 낮은 자존감으로 내 삶을 소홀히 대할 수 있다.

저자는 마음을 어떻게 표현해야 할지 몰라서 때로는 과격하게 행동하는 아이들을 사랑으로 감싸안듯 글로써 사람들을 위로하는 삶을 살아가고 있다. 온 마음으로 건네는 따뜻한 말들은 다시 살아갈 힘을 주고, 위기의 순간마다 보여준 용기는 자신이 허락한다면 무엇이든 가능하다는 것을 일깨워준다.

저자는 나답게 살아가기 위해 단 한걸음의 용기가 필요할 뿐이라고, 나만의 빛깔로 온전히 살아가는 하루하루가 모여 내가 원하는 삶을 살아갈 수 있다고 역설한다. 어느 날 행운처럼 다가올 이 책은 잔잔하게 독자의 마음속으로 파고들어 삶을 변화시킬 것이다.

▌『삶이 글이 되는 순간』 저자 허지영

생각쟁2 작가님이 쓰신 『지금 행복해질 너에게』를 읽다 보면 공감과 위안을 얻을 뿐만 아니라 홀로서기를 위한 노하우까지 습득할 수 있습니다. 저자는 글쓰기를 시작하면서 많이 달라졌습니다. 글을 통해 자기 자신을 보다 더 보듬어 줄 수 있었습니다. 글을 쓰다 보니 이렇게 책을 출간할 기회도 얻었습니다. 더 중요한 건 자기 자신과 더욱더 친해졌다는 사실입니다. 스스로 성찰하며 자책하는 버릇을 고쳤습니다. 글쓰기를 통해 멘탈 근력을 키웠습니다. 무엇보다 글을 통해 해방감을 느꼈다고 표현합니다.

사람마다 기질과 성향이 다릅니다. 자기답게 살아야 행복에 더 가까이 다가갈 수 있습니다. 『지금 행복해질 너에게』를 읽고 위로와 용기를 얻어 가길 바라는 마음입니다.

▌『처음으로 공부가 재밌어지기 시작했다』 저자 임진강(데미안)

여러분은 어떤 사람이신가요?

저는 마음속 이야기를 밖으로 잘 꺼내 놓지 못하던 내향인이었습니다. 마음속에 하고 싶은 이야기들은 가득 차 있는데, 다른 사람들의 말이나 시선을 신경 쓰느라 쉽게 꺼내 놓지 못하는 사람이었고요. 제 생각과 감정을 드러내는 것이 겁이 나서, 마음속에 꼭꼭 눌러두고 살았습니다. 다른 사람들은 다 멋져 보이는데, 나는 어딘가 늘 부족해 보이는 '부족해 보여' 병에도 걸려 있었고요. 제 삶의 중심축을 저보다는 타인에게 맞춰 살다 보니, 제가 좋아하고 원하고 바라는 것들이 무엇인지 정작 저에 대해서는 아는 게 별로 없는 사람이었답니다.

그저 열심히만 살면 되는 줄 알았어요. 타고난 에너지 용량이 적은 저질 체력인데 완벽주의 추구 병까지 있어서, 늘 하루가 고되었습니다.

그날도 직장에서 온 에너지를 쏟아 내다가, 갑자기 번개 모양의 형상들이 온 시야를 다 가렸습니다. 무리하거나 스트레스가 심할 때면 가끔 찾아오던 편두통이겠지 하고 넘기기엔 눈 상태도 몸 상태도 너무나 좋지 않아서 동네 안과에 들렀습니다. 원장 선생님은 요리조리 안구 사진을 살펴보시더니 녹내장인 것 같다 하더라고요. 오른쪽 안구 위쪽에서도 출혈 흔적이 있다며 약도 바로 써야 할 것 같다고 녹내장약을 처방해 주셨습니다.

순간, 하늘이 노래지더라고요. 이제껏 내 마음속에서 들려오는 목소리는 다 무시한 채, 꾹꾹 눌러내고 참으며 산 결과가 이건가 싶었거든요. 몇 해 전부터 저에게는 힘든 일이 끊임없이 일어났습니다. 그러다 이제쯤 괜찮아지나 싶었는데, 이번엔 녹내장이라니요…. 마음이 그대로 무너졌습니다. 참으면 다 괜찮아질 줄 알았는데, 참으니 내 안에서 웅크려 있던 내가 "나 너무 힘들어! 나 좀 봐 줘." 하며 여기저기서 아우성을 치고 있는 느낌이었습니다.

진료 의뢰서를 들고 대학 병원에 찾아갔습니다. 대학 병원에서 정밀검사를 받으려고 기다리는 동안 문득 그런 생각이 들더군요.

'나는 무엇 때문에, 도대체 뭘 위해서, 나를 그리도 소모하고 참으며 살아온 걸까?'
'가장 중요한 것은 나인데 나라는 사람은 저 뒤로 제쳐 둔 채 무엇을 위해서 살아가고 있었던 걸까?' 하는 회의감이 들었습니다. 몸과 마음 여기저기가 탈이 나고 나서야 비로소 '나'에게 관심을 두게 되기 시작했습니다.

　이 책은 바로 그런 사람의 이야기입니다. 삶의 우선순위를 자신에게
두지 못하고 그저 애만 쓰며 살아온 사람. 자신이 무엇을 좋아하고 바
라는지 몰랐던 사람. 자신이 좋은 사람인 줄도 모르고 늘 자신 없어 하
며 나를 감추고 살았던 사람. 그런 사람의 이야기입니다. 저 같은 삶을
살아오신 분들께 위로와 용기를 드리고 싶은 마음에 저도 한 번 용기를
내어 보았습니다. 제가 바로 그렇게 살아왔었던 사람이었거든요.

　마음의 중심축을 타인에게 두고 자신을 챙기지 못한 분들에게 표현
해도 괜찮다는 용기를 드리고 싶고요. 지금 힘든 일을 겪고 계신 분들
이 계신다면, 저의 이야기로 응원과 힘을 실어드리고 싶습니다. "결국
엔 다 지나가고 삶은 흐르기 마련이더라."라며 괜찮다고, 저도 그랬다
며 토닥여드리고 싶습니다. 그리고 저처럼 힘들고 지쳐 마음의 문을 닫
고 있었던 분들이 계신다면, "당신은 좋은 사람입니다. 용기를 내어 있
는 그대로 자신을 보여 주어도 괜찮습니다. 문을 열고 나오면 좋은 사
람들이 기다리고 있을 겁니다."라고 말해 주고 싶습니다.

　이제 그럼 제 이야기를 시작해 볼게요.

| 목 차 |

2장

'나'를 표현하기 힘든 너에게

3장

어떻게 살아가야 할지 막막한 너에게

4장
'나'를 찾고 싶은 너에게

5장
하루를 온전히 살아갈 너에게

* 책에 등장하는 인물들의 이름은 모두 가명입니다.

1장

'나'만 힘들다
느껴지는 너에게

01

삶은 계속 흐르는 거야

—

박사 논문을 무사히 끝내고 졸업을 며칠 앞둔 어느 날, 가벼운 마음으로 가깝게 지내던 동네 친구와 커피를 마시러 가는 길이었어요. 햇볕이 쨍쨍한 날이었는데 갑자기 눈앞에 번개 모양의 가는 선이 보이기 시작하는 겁니다. 번개 모양의 형체들은 점점 그 개수가 많아지더니, 급기야 온 시야를 다 가렸습니다. 지금은 그 증상이 편두통 전조 증상이라는 것을 경험을 통해 알아요. 하지만 그 당시에는 무리해서 눈에 이상이 생긴 건가 싶어, 무섭고 걱정되는 마음에 그 길로 바로 집 앞 안과에 갔습니다. 평소 검진을 해 주시던 원장님이 계시지 않아 다른 원장님께 진료를 보게 되었어요. 그분은 저에게 망막에 이상이 생긴 것 같으니, 검사해 볼 필요도 없이 바로 큰 병원으로 가 보라고 하더군요. 그 말이 저의 길고 긴 터널의 시작이 될 줄은 미처 몰랐습니다.

큰 병원에서는 저녁 시간이라 이미 진료 마감이 되었으니 다음 날 오전에 오라고 했습니다. 하룻밤이 지나자, 번개 모양의 상들은 다 없어졌지만요. 로컬 병원 원장님 말씀이 생각나서 확인차 큰 병원에 갔더니, 의사 선생님께서 아주 간단한 시술이라며 망막 주위에 360도 레이저를 돌리라고 하시더군요. 일상생활이 바로 가능할 정도로 아주 간단한 시술이라는 의사 선생님의 말씀을 아무런 의심 없이 믿고 시술을 받았습니다. 의사 선생님이 360도 레이저를 두 번 돌리는 동안, 왼쪽 눈 표면이 다 타들어 가는 듯한 통증이 느껴졌습니다.

아프지도 않을 거고, 금방 끝날 것이며, 아무 이상이 없을 거라던 의사 선생님의 말씀과는 달리 그때부터 제 왼쪽 눈에서는 후유증이 생겼지요. 왼쪽 눈 측면으로는 눈을 떠도 감아도 번쩍번쩍 번개 모양의 형상이 보이는 광시증이 나타났고, 눈을 감으면 하얀색 우주선 모양의 형체가 돌아다녔어요. 시술을 받은 눈은 예민해져서 컴퓨터 화면을 잠시만 쳐다보아도 금방 피로해지며 빨갛게 충혈이 되었습니다.

눈 상태를 확인하려고 검진차 로컬 안과에 가서 증상을 말씀드렸어요. 이론적으로 그럴 리가 없다고 기다려 보라고 하셨어요. 1년이 지나도 상태는 그대로라 답답한 마음에 망막을 잘 보기로 유명한 대학 병원에 갔더니, 요즘엔 360도 레이저는 효과도 없어서 잘 안 한다고 하시더라고요. 왼쪽 망막에 이상도 없는데 무슨 레이저를 2번씩이나 돌렸냐고 많이도 돌렸다 하시더군요. 절망스러웠습니다. 아무런 의심 없이 의사 선생님이 하라는 대로 했을 뿐인데 어떻게 이런 일이 생겼을까 싶고 나중에는 의사 선생님 말씀을 그대로 따른 제가 바보스럽고 원망스럽기만 했습니다.

지금 행복해질 너에게

마음과 몸은 하나라고 하지 않던가요. 가뜩이나 눈 이상으로 약해질 대로 약해진 마음 때문이었는지 아니면 논문 쓰는 데만 집중하느라 나빠진 몸 상태 때문이었는지 원인을 알 수 없는 어지럼증이 찾아왔습니다. 눈을 감아도 어지럽고, 고개를 조금만 돌려도 어지럽고 구역질이 났습니다. 이석증, 전정신경염, 메니에르병까지 어지럼증과 관련된 병이란 병은 모두 저에게 찾아와서 일상생활도 불가능할 정도로 심해졌지요. 그래서 결국 휴직을 했습니다.

눈을 감아도 번쩍거리는 물체가 계속해서 보였고, 눈을 뜨기만 해도 어지러우니 일상생활이 되지 않았어요. 아무것도 하고 싶지 않고 의욕도 생기지 않았습니다. 그저 이런 일이 왜 나에게 일어났을까, 나는 이제 뭘 할 수 있을까 싶어 하늘이 원망스럽기도 했습니다. 아무도 없는 집 안에서 고개도 돌리지 못하고 혼자 누워 있다가, 아무것도 할 수 없는 내 신세가 처량해서 눈물이 흐르고 또 흘렀습니다. 시간이 흐르면 좋아질 거라는 의사 선생님의 말씀도 전혀 위로가 되지 않았습니다. 현실을 부정해 보기도 하고, 왜 나만 이런 일을 겪는 거냐며 분노하며 원망의 대상을 찾다가 결국엔 저를 탓했습니다. 모두 제 탓인 것만 같았지요. 레이저 시술을 받지 않았다면 이런 일들이 일어나지 않았을 거라고 수백 번, 수천 번 자책했어요.

처음엔 원망하는 마음이 컸어요. 편두통 현상이라고 말해 줬으면 좋았을 텐데, 망막에 이상이 생긴 것 같다며 굳이 하지 않아도 되는 레이

저 시술을 받게 한 의사 선생님이 원망스러웠거든요. 그리고 나서는 왜 나에게만 계속 나쁜 일이 생기는 거냐며 세상을 원망했습니다. 마지막에는 그런 선택을 했던 저 자신을 원망하게 되었습니다. 자책하거나 원망한다고 다시 예전으로 돌아갈 수 있는 것도 아닌데, 과거에 매몰된 채 원망할 대상만 계속 찾았습니다.

그런데 살아 보니 그게 아니더라고요. 세상에는 정말 저의 힘으로는 어찌할 수 없는 일들이 벌어지더라고요. 바꿀 수 없는 과거를 후회하거나 원망해 보았자 아무 소용이 없습니다. 본인이 통제할 수 있는 영역 밖에서 일어난 어쩔 수 없었던 일에 대해, 어쩌면 내가 통제할 수도 있었을지 모른다며 자책하고 후회하거나 탓할 대상을 찾는 것만큼 어리석은 일은 없습니다. 어찌할 수 없는 일과 내가 할 수 있는 일을 구분해서 어쩔 수 없는 일이라면 그저 현실을 있는 그대로 수용하고 그 안에서 어떻게든 살아갈 수 있는 방법을 찾아야 합니다.

시간이 답이었던 걸까요? 오래 걸리긴 했지만 그래도 시간이 지나니 조금씩 마음이 안정되어 가기 시작했습니다. 어지럼증도 광시증도 완전히 사라지지는 않았지만 조금씩 좋아지기 시작했습니다. 의사 선생님도 아마 제 눈이 이렇게까지 민감하고 부작용이 심할 줄은 예상치 못했을 거고, 어지럼증도 꼭 그런 이유로 생긴 건 아니었을 거라며 마음을 다잡았습니다. 어찌할 수 없는 상황에 순응하려 조금씩 노력해 보았습니다.

지금 행복해질 너에게

그러다 김동현 판사님의 에세이집 『뭐든 해 봐요』를 만나게 되었습니다. "의료 사고로 시력을 잃었다."라는 구절을 접하자마자, 저의 예전 경험이 같이 떠올라서 왈칵 눈물이 쏟아졌지요. 판사님은 카이스트 졸업 후 적성에 맞지 않아 연세대학교 로스쿨에서 공부하고 있던 시기에 간단한 시술 도중 발생한 의료 사고로 인해 시력을 잃었습니다. 간단한 시술을 받았는데, 주사액이 혈관으로 들어가 역류하면서 눈으로 가는 동맥을 막았고 시신경이 괴사했답니다.

예기치 못한 상황에 저처럼 분노하고 절망했지만, 판사님은 절망하고 포기하기보다 상황을 냉정하게 들여다보고 본인에게 최선인 현실을 선택했습니다. 자신의 장애를 받아들이고 본인에게 최선은 로스쿨을 졸업하여 변호사가 되는 것임을 깨달았대요. 교수님과 친구들의 도움으로 법 공부에 필요한 장애인용 대체 자료를 제작하여 열심히 공부한 끝에 로스쿨을 성적 우등생으로 졸업했습니다. 그 이후 고등법원 재판연구원과 서울특별시 장애인권센터 변호사를 거쳐 현재는 수원지방법원 판사로 재직 중입니다. 마라톤을 시작해서 10km를 완주하고, 에어하키와 유사한 쇼다운에 재미를 붙여 2019년에는 쇼다운 세계선수권대회에 국가대표로 참가하기도 했습니다.

〈비스티 보이즈〉, 〈터널〉 영화의 원작가로 유명한 소재원 작가 역시 시력 장애가 있습니다. 각막의 모양이 변하면서 시력이 교정되지 않는 원추각막을 어렸을 때부터 앓고 있었지만, 가난으로 치료 시기를 놓치는 바람에 왼쪽 눈이 거의 실명 단계에 이르렀다고 합니다. 안경을 쓰고도 시력이 교정되지 않아서 단순히 약시라고만 생각했다가, 안경원에서 아무리 안경 도수를 올려도 시력이 교정되지 않아 검사차 병원에 갔다가 시각 장애 판정을 받았습니다.

오른쪽 눈도 왼쪽 눈을 따라 시력이 같이 나빠져서 양쪽 눈 다 거의 보이지 않는 상태가 되었고요. 병원에서는 원인을 찾아보기 위해 정밀 검사를 받자고 했지만 비싼 비용 때문에 거절했고, 그러다 치료 시기를 놓쳐서 시력 회복이 불가능한 상태가 되었습니다. 하루아침에 시각 장애인으로 살아야 한다는 사실에 절망했지만, 현실을 받아들여 똑같은 모델의 키보드를 여러 개 사서 눈을 감고 타자 치는 연습을 했다고 합니다. 작가라는 꿈을 놓지 않기 위해서 매번 눈을 감고 원고를 썼고 소재원 작가의 원고는 영화화되었습니다.

『벼랑 끝이지만 아직 떨어지진 않았어』에서 소재원 작가는 말합니다. 어둠뿐인 공간에서 본인이 상상한 장면을 그리면서 손은 빠르게 장면을 타이핑하던 것이 습관이 되어 독자가 머릿속에 그림을 그릴 수 있게 할 수 있었다고요. 보이지 않는 상황에 절망하여 과거에 매몰되어 있는 것이 아니라, 보이지 않기에 본인만의 독특한 글쓰기를 만들었고 결국 그의 원고는 영화로 만들어졌습니다.

나에게만 왜 이런 일이 일어났을까를 생각하며 현실을 부정하고 아픈 과거에만 매몰되어 있었다면, 아마도 지금의 김동현 판사님도, 소재원 작가도 존재하지 않았을 겁니다. 타인의 아픔을 보고 위안을 얻는다는 것이 조금 미안한 마음이지만, 적어도 저는 눈은 보이는걸요. 제가 어찌할 수 없었던 상황 그리고 잃은 것들에 주목하며 과거에 매몰되어 있기에는 시간이 아깝습니다. 그대로 받아들이고 인정하지 않으면 다시 시작할 수도, 나아갈 수도 없습니다.

일을 쉬는 동안 블로그에 글을 쓰면서 수많은 이웃을 통해 다양한 세상을 만나게 되었습니다. 이웃들은 저마다의 아픔과 사연들을 안고서 자신들의 아픔을 글로 토해 내고 있더군요. 때로는 절망하기도, 때로는 흘려보내기도 하며 또다시 힘을 내어 하루하루를 열심히 살아 내고 있었습니다. 세상에 사연 없는 사람은 없습니다. 다들 저마다의 고통을 안고 살아가지만, 우리 눈에 보이지 않을 뿐입니다. 그저, 시기와 모습만 다를 뿐 그 누구든 각자가 마주한 고통과 불행을 짊어지고 살아갑니다.

누구에게나 고통과 불행이 찾아오지만 각자가 어떻게 대처하느냐에 따라 영원히 지속될 수도, 끊어 낼 수도 있습니다. 이미 일어난 일에 대해서는 원망하거나 후회해 봤자 소용이 없습니다. 우리가 어찌할 수 없는 것에 매몰되어 시간을 버리는 것보다 우리가 할 수 있는 것에 주목하여 앞으로 나아가는 삶을 살아야 합니다. 삶은 멈춰져 있는 것이 아니라 계속 흐르는 것이니까요.

02

나는 작은 행복 수집가

—

"선생님, 여기요."

중간 놀이 시간이 끝날 때쯤, 반 아이들 몇 명이 우르르 몰려와서 작은 꽃다발을 내밉니다. 학교 꽃밭 주변을 돌아다니면서 떨어져 있던 풀이며 꽃들을 주워선 작은 꽃다발을 만들어 왔더라고요. 연습장 한 장을 찢어 야무지게 스카치테이프로 붙인 꽃다발을 들고 다 같이 우르르 몰려와서는 환하게 웃습니다.

꽃을 싼 포장지에는 '선생님 사랑해요.'라고 적혀 있었습니다. 혹시나 살아 있는 꽃을 꺾어 왔다고 생각할까 봐, "선생님이 가르쳐 주신 대로 떨어져 있는 꽃들을 모아서 가지고 온 거예요. 꽃 안 꺾었어요."라고 자랑스럽게 덧붙이면서 말입니다. 고마워서 코끝이 시큰거리더군요.

교실 왼쪽 귀퉁이에 있는 제 책상 뒤편에는 게시판 하나가 있어요. 그 게시판 밑 부분은 아이들이 준 편지와 종이접기 선물들로 가득 차 있었지요. 하루는 한 아이가 학 종이로 곱게 하트를 접어서 저에게 주더라고요. 종이접기에 소질이 없다며 속상해하던 때가 엊그제 같은데 하트를 접어오다니요. 장하고 기특한 마음에 고맙다며 책상 뒤편에 붙여 주었습니다. 뿌듯해하던 아이의 표정이 잊히지 않습니다.

또 하루는 '선생님 사랑해요' 하며 한 친구가 카드를 줍니다. 카드를 열어 보았더니 저를 반짝이는 공주님으로 그려 놓았더군요. 책상 뒤편에 나란히 붙여 주었습니다. 또 하루는 한 아이가 '사랑해요' 하트가 가득한 편지를 가져오더군요.

그렇게 제 책상 뒤편은 아이들이 준 편지와 종이접기 선물들로 가득 찼습니다. 쉬는 시간이 되면 본인이 준 편지와 종이접기 선물들이 잘 있나 확인해 보고, 뿌듯해하며 자기 자리로 돌아가던 아이들의 모습이 귀여워 몰래 미소를 짓기도 했지요.

아이들이 하교하고 나서, 가끔 힘이 들 때면 의자를 뒤로 돌려 앉아 아이들이 만들어 준 하트와 꽃다발을 한참 쳐다보았습니다. 아이들이 준 편지들도 하나씩 다시 읽어 보았지요. 그러다 보면 어느새 에너지가 충전되었습니다. 힘든 마음이 금세 사그라들곤 했습니다.

주관적 안녕감(subjective well-being)이라는 행복 연구로 유명한 미국의 심리학자 에드 디너는 "행복은 기쁨의 강도(intensity)가 아니라 빈도(frequency)"라고 말했습니다. '안녕'은 평안하다는 의미인데요. 즐거움이라기보다는 오히려 특별한 사건이 없는 편안한 상태를 말합니다. 사실 우리의 인생에서 놀랄 만큼 엄청나게 기쁜 사건들은 그리 자주 일어나지 않고요. 일어난다고 하더라도 큰 기쁨을 한 번 겪고 나면, 소소한 일에서 비롯되는 즐거움들은 시시하게 느껴져서 작은 기쁨들을 놓치고 맙니다.

게다가, 큰 기쁨을 추구하면 할수록 시련이 닥쳤을 때 겪게 되는 좌절이나 슬픔을 더 크게 느끼게 됩니다. 반대로 소소한 기쁨들은 우리 행복의 강도를 높여준다고 하네요. 한 번의 강렬한 기쁨이 아니라, 여러 번의 소소한 기쁨들이 우리에게 더 행복을 가져다준다는 의미지요.

심리학자 필립 브릭맨(Philip Brickman) 연구팀은 미국에 사는 22명의 로또 당첨자와 로또에 당첨된 적이 없는 22명의 평범한 사람들에게 "지금 얼마나 행복하세요?"라고 물어보았답니다. 그 결과 로또 당첨자들은 평범한 사람들보다 더 행복하지 않은 것으로 나타났습니다. 미래에 더 행복해질 것이라고 기대를 한 것도 아니었고요. 오히려 평범한 사람들에 비해 일상적 활동에서도 즐거움을 느끼지 못했다고 합니다.

'로또 당첨'이란 강렬한 경험이 오히려 일상을 시시하게 만들어버렸기 때문이지요. 인생의 행복은 몇 번의 큰 기적으로 만들어 가는 것이 아니라, 매일 소소한 기쁨으로 채워 가는 것임을 다시 한번 마음에 새겨 봅니다.

그러고 보면 우리의 인생에서 꼭 특별한 순간이나 특별한 이벤트가 있어야 행복한 건 아니더라고요. 별거 아닌 듯싶었는데 문득문득 일상에서 찾아오는 작은 기쁨들이 참 많았습니다. 연이어 저학년을 맡았을 때가 생각납니다. 벚꽃잎이 흩날리는 봄이 오면 아이들과 함께 〈벚꽃 팝콘〉 노래를 불렀습니다.

'아기 봉오리가 옥수수 기둥처럼 삐죽삐죽 솟아나더니 밤새 달님이 맛있게 튀겨, 팝콘을 해 놓았나 봐요.'라던 노래 가사도 멜로디도 참 예뻤지만요. 노래를 같이 부르는 아이들의 목소리가 참 티 없이 맑고 깨끗해서 눈물이 날 것 같은 날도 있었어요. 아이들과 노래를 같이 부르다 보면 마음이 몽글몽글 행복해졌습니다.

그날도 그랬던 것 같아요. 무슨 일이었는지 정확하게 기억이 나지 않지만 힘든 일이 있어 마음이 복잡했었는데요. 아이들 노래 목소리를 듣자마자 금세 마음이 풀리더군요.

작은 기쁨의 순간들이 모여서 결국 저의 행복을 만들어 주었다는 것을 잠시 잊고 있었는데요. 휴직하면서 새록새록 떠올랐습니다. 한동안 연락이 뜸했던 고등학교 친구의 반가운 카톡 메시지에 행복했고요. 아이가 저를 보며 그 귀여운 목소리로 처음 "마마.", "엄마."라 말했던 순간, 도서관 옆 와플 집에서 아이와 둘이 마주 보며 먹었던 블루베리 와플 하나로 행복해하던 순간. 작지만 소중했던 순간들이 떠오르더라고요.

그저 하루하루 일상을 살아가다 보면 꼭 특별한 것들이 저의 행복을 만들어 주는 것이 아니라 일상의 작은 순간들이 모여서 저의 기쁨을, 저의 행복을 만들어 주더군요.

한 달 전쯤부터 집 앞 공동 현관 옆에 직박구리가 자주 앉아 있었습니다. 매번 운동을 갔다 오는 길에 마주치는 직박구리가 그렇게 반가울 수가 없더군요. 하루는 제가 가까이에서 지나가는데도 달아나지 않고 자전거 손잡이에 가만히 앉아 있는 겁니다. 저와 50cm도 채 되지 않는 거리였는데도 직박구리는 움직이지도 않고 한참을 가만히 앉아 있길래, 얼른 폰을 꺼내서 사진을 찍었습니다.

직박구리의 눈과 부리를 그렇게 가까운 거리에서는 처음 봤는데요. 멀리서 볼 때는 털도 삐죽삐죽하고 깃털 색깔도 잿빛이라 눈에 크게 띄지 않아 예쁜지 몰랐습니다. 그런데 가까이에서 봤더니 눈이 정말 예쁘더라고요.

혹시 새와 눈이 마주치는 경험을 해 보신 적이 있으신지요? 직박구리와 눈이 마주치는 순간, 황홀하기까지 하더라고요. 지나가던 사람이 저의 모습을 보았다면 '저 사람, 왜 저러지?' 생각하셨을 수도 있을 것 같아요. "여기서 뭐 하니?" 하고 직박구리에게 말도 걸어 보았습니다. 당연히 대답을 해주지 않았지만, 한참을 앉아 저를 쳐다보길래 '내 말을 듣고 있구나!' 했지요.

그 날 오후, 새 박사인 저희 아이에게 말해 줬더니 "엄마, 엄마가 보신 그 자전거 근처에 직박구리 식구들이 집을 짓고 살아요. 그래서 저도 지나가다 거기서 직박구리를 자주 만나요. 저도 몇 번이나 만났는데, 우리 동 주변에 자세히 보면 직박구리 둥지 있는데 혹시 못 보셨어요?" 그러는 겁니다.

지금 행복해질 너에게

다음 날 아이와 함께 자전거 근처로 가 보았습니다. 자전거 뒤편으로 보이는 1층 창문 쪽에 정말로 직박구리가 둥지를 틀고 새끼들과 살고 있더라고요. 둥지를 짓고 새끼들과 같이 살고 있어서 계속 그 주변을 맴돌고 있었다는 것을 미처 몰랐던 거지요.

지금은 아쉽게도 직박구리 가족들이 모두 이사를 갔지만요. 주변의 일상에 주의를 기울이지 않았더라면 놓쳐 버렸을지도 모를 소중한 기쁨 하나였습니다. 휴직하고 나서 저는 이런 작은 행복들을 하나씩 하나씩 모으는 작은 행복 수집가가 되었습니다.

"둥글게 떠 있는 달을 볼 수 있다는 것만으로 '우와. 이렇게 아름다운 달을 볼 수 있다니, 정말 살아 있는 건 좋은 거야!'라고 마음을 표현하면 그 감정은 다시 마음속 자산으로 채워진다. 그렇게 한 가지, 한 가지 느끼고 맛보다 보면 그 안에 가장 단순하고 기본적인 삶의 기쁨이 있음을 깨달을 수 있다."

베스트셀러 작가이자, 만화작가인 야마자키 마리의 『시시하게 살지 않겠습니다』라는 에세이에 나오는 한 부분입니다.

아주 사소한 것들로부터 느낀 사소한 감정, 사소한 기쁨을 표현하면 그 감정들이 차곡차곡 내 마음에 쌓입니다. 수채화에서 색감들이 차곡차곡 쌓여 풍부한 그림으로 완성되는 것처럼 사소한 기쁨들이 차곡차곡 쌓여 내 마음도 풍부해지는 거지요. 사소하지만 소중한 그런 순간들을 하나씩 느끼고 맛보다 보면 우리 삶에서 행복은 멀리 있지 않다는 것을 깨닫게 됩니다.

마리 작가가 말한 "시시하게 살지 않겠습니다."라는 다짐은 뭔가 거창한 것을 꿈꾸고 거창한 것을 이루고 살겠다는 의미가 아니라, 삶에서 찾을 수 있는 이런 작은 기쁨들을 놓치지 않고 누리며 행복하게 살겠다는 의미가 아닐까 합니다.

작은 행복 수집가가 되어 우리 주변에 이미 뿌려져 있었지만, 주의를 기울이지 않아 간과했었던 작고 소중한 기쁨들을 다시 수집해 봅니다. 특별하지 않아도 괜찮아요. 작고 소소한 기쁨들이 모여 우리의 행복을 만들어 주는 것이니까요. 행복은 우리 가까이에 있습니다. 단, 그것을 발견하는 자에게만 주어지는 것이지요.

지금 행복해질 너에게

03

불안도 습관입니다

—

미국의 체로키족 인디언 속담 중에는 늙은 인디언 추장 할아버지가 손자에게 들려주었다던 '마음속의 두 마리 늑대'에 관한 이야기가 있습니다. 할아버지는 손자에게 이렇게 말했습니다.

"우리의 마음속에는 두 마리의 늑대가 살고 있단다. 한 마리는 화, 질투, 후회, 욕심, 오만, 죄의식, 거짓말, 열등감, 불안을 가지고 있어. 다른 한 마리는 기쁨, 평화, 사랑, 희망, 평온함, 겸손, 친절, 믿음을 가지고 있지. 둘은 사람의 마음을 지배하기 위해서 늘 싸운단다."

그 말을 들은 어린 손자가 잠시 생각하다가 할아버지에게 물었습니다.

"할아버지, 그 두 마리 늑대가 싸우면 누가 이겨요?" 하고요. 그러자 할아버지는 미소를 띠며 말했습니다. "네가 먹이를 주는 놈이 이기지." 라고요. '불안'에 먹이를 주느냐, 주지 않느냐는 결국 우리에게 달려있습니다.

저는 어릴 때 '불안'이 많았던 아이였어요. 불안에게 늘 먹이를 주는 아이였지요. 불확실하고 불명확한 것에 대한 두려움이 커서, '혹시 ~하면 어쩌지?' 하는 걱정을 늘 안고 살았습니다.

'내일 친구들이랑 밖에서 놀기로 했는데 비가 오면 어쩌지?'
'내일은 아빠가 안 데려다주신다고 했는데 버스 정류장을 놓치면 어쩌지?'
'친구들 앞에서 내일 발표를 잘 못 하면 어쩌지?'
'내가 이렇게 말했을 때 다른 사람이 싫어하면 어쩌지?'

늘 '어쩌지?'를 달고 살며 불안해했습니다. 그런데 그 많은 '어쩌지?' 중에서 제힘으로 통제할 수 있는 것들은 별로 없었습니다. 정말로 불안하다면 불안해하는 문제를 똑바로 응시해야 합니다. 불안한 감정을 똑바로 응시해야 해요. 그리고 통제할 수 있는 것과 내가 어떻게 할 수 없는 것을 구분해서 내가 통제할 수 있는 것들은 해결책을 찾고, 통제할 수 없는 것들에 대해서는 과감하게 놓아주어야 합니다. 그런데 '불안'의 감정을 똑바로 마주하려 하지 않고, 실체 없이 불안해하고 있는 상태에만 주목하다 보니 더 불안해졌습니다.

첫 번째 '내일 친구들이랑 밖에서 놀기로 했는데 비가 오면 어쩌지?'

지금 행복해질 너에게

를 제대로 응시해 볼게요. 비가 오고 안 오고는 하늘에 달린 문제라서 불안해하지만 말고 일기 예보를 확인해 보면 되었습니다. 그 당시의 일기 예보는 로또처럼 안 맞는 경우도 많아서, 비가 안 온다고 해놓고 실제로 비가 온다고 해도 어쩔 수가 없는 일이었어요. 정말로 불안하다면, 비가 올 때와 비가 오지 않았을 때 2가지 경우를 모두 대비해서 친구들과 어떻게 놀지 2가지 계획을 다 생각해 놓았으면 되었고요.

두 번째 '내일은 아빠가 안 데려다주신다고 했는데 버스 정류장을 놓치면 어쩌지?'는 어떻게 응시하면 될까요? 혼자 버스를 타고 가야 해서 버스 정류장을 놓치게 될까 봐 걱정된다면, 버스 아저씨 옆에 딱 붙어서 여쭤보면 됩니다. 아니면 몇 정거장 가서 내려야 하는지 버스 노선을 여러 번 시뮬레이션해 보면 됩니다. 정 불안하면, 엄마와 목적지까지 버스로 미리 가 보는 연습을 해 보아도 되고요.

세 번째 '친구들 앞에서 내일 발표를 잘 못 하면 어쩌지?'는 미리 발표 연습을 열심히 하면 됩니다. 계속해서 반복 연습해도 당일 날 긴장해서 혹시나 실수하게 된다면, 그건 어쩔 수 없는 일입니다. 내가 할 수 있는 최선의 노력을 해 보고 다음 날 혹시 실수를 하게 되더라도 그건 통제 밖의 영역이기에 불완전했던 저를 그대로 받아들이면 됩니다.

마지막 '내가 이렇게 말했을 때 다른 사람이 싫어하면 어쩌지?'를 한번 살펴볼게요. 내가 한 말에 대한 다른 사람의 반응은 내가 어떻게 통제할 수 없는 영역이에요. 누구를 좋아하거나 싫어하는 문제는 전적으로 상대방에게 달린 일이기 때문이지요. 애초에 내가 마음에 들지 않았다면, 어떤 말을 한다 해도 그 사람은 나를 좋아하지 않을 거고요. 나에게 애정이 있는 사람이라면 대개는 나쁘게 받아들이지 않을 겁니다. 나는 평소에 아무 말이나 쉽게 하는 사람이 아니고, 예의를 지켜 다정하게 말하는 사람이니까요. 그냥 나를 믿으면 되는 거였습니다.

이렇게 간단하게도 불안을 정리할 수 있는데 그 시절 저에게는 참 어려웠습니다. 저는 늘 저 자신이 뭔가 부족하게만 느껴졌거든요. 충분하지 않다고 생각했습니다. 나는 부족하니까 더 노력해서 무엇이든 제대로 완벽하게 잘 해내야 하고, 모든 사람에게 미움을 받지 않아야 한다고 생각했어요. 그래서 무엇을 하든 간에 불안한 감정이 늘 기본적으로 내재해 있었습니다.

무엇을 시작하려고 하든 무슨 일이 생기든 간에 무조건 일단 불안해했습니다. 심지어 아주 기쁜 순간에도 불안했습니다. '아마 이 기쁨은 오래가지 않을 거야. 기쁜 일이 끝나자마자 나쁜 일이 일어나면 어쩌지?' 하고 기쁜 순간에도 기쁨을 제대로 즐기지 못했습니다. 최악의 상황을 떠올리기도 했지요.

그러지 않아도 되었을 텐데 그 시절 저는 자신감도, 자기 확신도 다 부족했고요. 완벽하게 잘 해내야 한다고 생각해서 제가 통제할 수 없는 영역의 것들까지 불안해했습니다. 저를 불안하게 하는 상황을 직시하여 불안의 감정을 해소하는 것이 우선인데도 불안한 감정에 매몰되어 계속 불안해하기만 했습니다.

저는 어떻게 고쳤냐고요? 아직도 완전히 고치지는 못했습니다. 완전히 고치지는 못했지만, 적어도 이제는 불안한 감정에 매몰되지는 않습니다. 불안도 습관이거든요. 계속해서 불안해하다 보면 어느 순간 불안이라는 감정에 매몰되는 게 습관이 되어 버리기도 합니다. 하지만 반대로 생각해 보면, '불안해하지 않는 것' 역시 습관입니다. 계속해서 불안을 줄이는 연습을 하다 보면 '불안해하지 않는 것'이 습관으로 자리 잡을 수 있습니다.

저는 심리학 책들을 읽고 공부하면서 제가 그동안 불안이 많았다는 것을 깨달았습니다. 그래서 조금씩 연습해 보고 있어요. "나를 믿어도 된다. 혹시나 예상치 못한 방향으로 흘러간다고 해도 나는 잘 대처할 힘이 있으니 차근차근 해결해 나갈 수 있다."라고 스스로를 다독여 주면서요.

그리고 불안이 올라오면 차분히 생각해 봅니다. 내가 통제할 수 있는 것에 대해 불안해하고 있는지, 아니면 통제할 수 없는 것에 대해 불안해하고 있는지 말입니다. 그리고 제가 해결할 수 있는 문제인지 아닌지를 살펴보고, 포기할 것은 과감히 포기하고 할 수 있는 것에만 집중하려고 노력합니다.

다이어리에 지금 제가 불안해하고 있는 것들에 관해 적어도 보았습니다. 무엇 때문에 내가 불안한 건지, 그 일이 정말로 일어날 확률이 있는지 적고 나서 눈으로 확인하면 안정이 되더라고요. 불안해하고 있는 일 중 제가 해결할 수 있는 것이면 어떻게 해결하면 좋을지 문제 해결에 집중해서 적었고요. 제가 할 수 없는 것은 무엇이 있는지도 적었습니다.

해결할 수 있는 일들과 해결할 수 없는 일들을 적어서 가시화하니 불안의 감정이 조금씩 가라앉더라고요. 불안의 감정이 올라오는 건 누구나 마찬가지니 불안한 감정이 올라오는 것 자체를 불안해하지 말자고 맘속으로 다독여 주었습니다. 그렇게 하면 불안은 조금씩 사라집니다. 불안이라는 것은 원래 실체 없이 막연한 것이라, 종이에 적어 눈으로 확인하고 나면 불안이 몰고 온 그 막막함이 해결되기도 하더라고요.

상담을 오시는 대부분의 부모님이 하시는 말씀이 있어요.

"선생님, 저희 아이가 걱정이 많아서 걱정입니다. 뭐든 다 불안한가 봐요."

사람들은 누구나 예측되지 않는 상황, 불확실한 상황에 대해 불안해하기 마련입니다. 어린아이들의 경우 어른들보다 더 하지요. 세상 경험이 어른보다 훨씬 적으니 불안한 감정이 올라오는 것은 어쩌면 당연한 현상입니다. 아이의 불안이 걱정이라면 부모님부터 먼저 불안해하지 않으셔야 해요. 아이의 불안을 걱정하시는 부모님을 보고 아이가 또 배우거든요.

태어날 때부터 '불안'을 타고나는 사람들은 없습니다. 어떤 환경적인

지금 행복해질 너에게

요인에 의해서 불안도가 높아지는 경우가 있을 뿐이지요. 그래서 특히 부모의 역할이 중요합니다. 옆에서 부모가 계속 불안해하고 있으면 아이에게도 당연히 그 불안은 전염되지 않겠어요? 불안은 부모로부터 유전되는 것이 아니라 전염되는 것이지요. 그래서 부모의 역할도 중요합니다.

아이들은 세상 경험이 어른들보다 훨씬 적기 때문에 안 그래도 예측하기가 어려워 불안도가 높아지게 되는데요. 제일 가까이 있는 부모님이 계속 불안해하면 아이는 무의식적으로 부모님께 불안을 배우게 됩니다. 그러니 아이들이 불안해하지 않도록 부모인 저희부터 불안해하지 않는 연습을 해야 합니다.

저는 저희 아이에게도 이야기해 주었습니다.

"엄마도 불안이 참 많던 사람이었는데, 불안해하기만 하면 불안한 마음이 더 커지기만 할 뿐이더라. 그래서 엄마는 엄마가 할 수 있는 일인지, 아니면 엄마 능력 밖의 일인지 차분히 감정을 빼고 냉정하게 살펴봤어. 엄마가 할 수 있는 일이라 생각되면, 엄마가 할 수 있는 일이 무엇인지 적어봤지. 엄마가 할 수 없는 일은 안녕~하고 이별했어. 엄마가 어떻게 할 수 없는 일은 불안해도 엄마 에너지만 닳을 뿐, 해결되는 건 하나도 없더라고."

아이는 안 듣는 척해도 다 듣습니다. 아이가 밤마다 불안해하며 또 걱정하기 시작하면 저는 아이에게 다시 한번 반복해서 이야기해 줍니다. 한 번 만에는 잘되지 않더라도 반복하다 보면 어느새 마음이 조금씩 단련되거든요. 제가 이렇게 이야기해 주면 아이는 어느새 몸을 부르르 떨며 잠이 들더라고요.

불안을 조금씩 놓는 연습을 계속하다 보면 어느새 불안을 놓게 됩니다. 어느 순간 또 불안이 스멀스멀 올라온다 싶으면, 처음부터 다시 연습하면 됩니다. 불안도 습관이니까요.

04

불행보다 행운의 속삭임에 귀 기울이기

—

초등학교 3학년 때였던가 미사 중에 신부님이 퀴즈를 내셨어요. 수줍음 많던 제가 어떻게 그런 용기가 났는지 모르겠는데요. 손을 번쩍 들어 퀴즈를 맞혔습니다. 선물로 아주 귀여운 미니 3색 목걸이 볼펜을 받았습니다. 기쁜 마음을 안고 선물로 받은 볼펜을 만지작거리며 집으로 돌아가고 있었지요.

집으로 돌아가려면 시장을 통과해야 해서 도로와 인도 구분이 없던 길을 즐겁게 걸어가고 있었는데요. 반대편에서 오토바이 한 대가 제 쪽으로 달려오는 것이 아니겠어요? 순간적으로 제 몸이 건물 2층 높이 정도로 붕 떠 올랐다가 떨어졌습니다. 신발 두 짝이 모두 사방으로 날아갔고요. '아. 이렇게 나는 죽는 거구나.' 하며 눈을 질끈 감았습니다. 얼마나 놀랐는지, 몸이 붕 떠올라 허공에 잠시 잠깐 떠 있다가 이내 떨어졌던 그 찰나의 기분이 지금도 생생하게 느껴집니다.

놀란 오토바이 아저씨는 황급히 저를 오토바이에 태우고 인근 병원에 데리고 가셨습니다. 아저씨는 당황하셨는지 간호사분에게 저의 아빠라고 거짓말을 하시더군요. 엑스레이를 찍어 보았더니 다행히 큰 외상은 없었습니다. 오토바이에 치여서 몸이 날아갔는데도 크게 다친 곳없이 멀쩡해서 정말 다행이었습니다. 왠지 모르게 3색 볼펜이 저를 지켜준 것만 같았지요. 오토바이에 치였던 불행 하나에 마음이 더 쏠렸더라면 제게 온 행운 두 개를 깜빡 잊어버릴 뻔했습니다. 아주 예쁜 미니볼펜을 선물로 받았고, 사고가 났음에도 크게 다치지 않았던 2가지 행운 말입니다.

사람들은 복권에 1등으로 당첨되는 것처럼 엄청난 일들이 행운이라고 생각하곤 합니다. 그러나 살아 보니 꼭 그런 순간만이 행운인 것은 아니더라고요.

남편과 미국에서 공부를 막 시작할 때였어요. 생활비를 아껴보겠다고 중고 거래 사이트에서 매트리스를 구매했어요. 쓴 지 1년밖에 되지 않았답니다. '이런 횡재가 있나!' 하고 저희가 사겠다고 했지요. 매트리스를 실어 가려면 트럭이 필요해서 미니트럭도 잠시 빌렸습니다. 제가 살고 있던 동네와 판매자가 사는 동네는 꽤 멀리 떨어져 있는 곳이라 고속도로를 타고 판매자 동네에 도착했어요. 그런데 문제가 생겼습니다. 트럭 짐칸의 길이보다 매트리스 길이가 더 길어서 비스듬히 세워야 실리겠더라고요. 짐을 묶는 끈도 없었습니다.

예상치 못한 상황에 당황했습니다. 아무리 생각해도 판매자가 말한 반대 방향으로 매트리스를 실어야 할 것 같았는데요. 판매자가 그렇게 실으면 매트리스가 떨어진다는 거예요. 그래서 남편과 둘이서 옥신각신하다가, 판매자 말을 듣고 운전자 방향 쪽으로 매트리스를 비스듬히 세워 실었습니다.

고속도로로 들어섰습니다. 조심스럽게 운전했지만, 속도가 붙으면서 바람 때문에 매트리스가 휙 날아가더니 그만 고속도로에 툭 떨어져 버렸습니다. 고속도로라 차를 중간에 멈출 수도 없었고 갓길도 보이지 않더군요. 고속도로에 물건을 떨어뜨리면 반드시 신고해야 한다고 적혀 있던 문구가 갑자기 떠오르는 겁니다.

영어가 부족했던 남편은 사색이 되었고, 매번 남편에게만 의지했던 제가 해결해야 했습니다. 저도 가슴이 쿵쾅 뛰긴 마찬가지였지만 떨린 마음을 가라앉히고 911에 전화해서 상황을 설명했습니다. 그랬더니, 위치를 묻고는 본인들이 처리하겠다고 그럽니다. 걱정이 된 나머지 매트리스 떨어뜨린 자리로 다시 돌아가지 않아도 되냐며 계속해서 물어보아도 괜찮다고 가라고 하더군요. 이럴 거면 새 매트리스를 사는 건데, 왜 트럭까지 빌려서 여기까지 온 건가 싶어 허탈했습니다.

그러다 바로 아차 싶더라고요. 비록 돈은 버렸지만, 매트리스가 날아갈 때 주변에 차가 없는 바람에 사고가 나지 않은 것이 얼마나 다행인가 싶더라고요. 혹시 벌금을 내거나 감옥에 가게 되는 거 아니냐며 덜덜 떨며 전화를 걸었는데, 괜찮다고 그냥 가라고 했으니 얼마나 다행인가 싶었습니다. 덕분에 살아 있는 생활 영어 회화도 해 보았네요. 살면서 911 직원과 영어로 대화해 볼 수 있는 경험이 몇 번이나 되겠나 싶었습니다. 미국에서 미니트럭도 빌려봤고요. 행운이었어요. 저는 돈으로도 살 수 없는 경험을 했네요.

문득, 6학년 친구들의 담임을 맡을 때가 생각납니다. 그날은 늦을까봐 엘리베이터를 탔는데 아뿔싸, 엘리베이터 한중간에 누군가가 똥을 싸 놓았는지도 모르고 그만 밟아 버린 겁니다. '물컹'한 느낌이 드는 순간 눈치 챘어요. 이게 무슨 일인가 싶어 하늘이 노랬지요. 급한 나머지 앞을 못 본 거지요. 알고 보니, 도움반 친구 한 명이 화장실이랑 엘리베이터를 착각하고 엘리베이터 안에 똥을 눴더라고요.

엘리베이터에서 내려서 교실 복도로 가려니 신발에 똥이 묻어 있어서 복도에 다 묻힐 것 같은 거예요. 콩콩 뛰며 교실 문 앞으로 와서 고개를 빼꼼히 내밀고 신발에 뭐가 묻은 것 같다며 도움을 청했지요. 아이들이 가져다준 물티슈로 신발에 묻은 똥을 닦은 후, 실내화로 갈아신고 엘리베이터에 똥을 치우러 가려던 참이었는데요. 저희 반 부회장 민국이가 슬쩍 제 옆에 오더니, 조용히 말하는 겁니다.

"선생님, 제가 엘리베이터 안에 있던 똥 치웠어요."

깜짝 놀라서 "어떻게?"라고 물어봤습니다. 그랬더니 정말 쿨하게 "선생님 신발 닦으실 때, 화장실에 가서 대걸레로 치웠지요. 신발에 묻은 거 똥 맞죠?" 그러는 겁니다. 수업 좀 하려고 하면 체육 하자 그리고, 수업 진도 좀 나가려고 하면 맨날 떠들고 방해하던 민국이가 이렇게 제가 곤란할 때 도와주니 감동이더라고요. 의리남 민국이 덕분에 곤란했던 상황을 잘 수습했습니다.

학교에는 처음 신고 간 새 신발이라 아침부터 똥을 밟아서 이게 무슨 일이냐며 엄청 속상할 뻔했는데요. 똥을 밟는 바람에 민국이의 새로운 모습도 알게 되었습니다. 저의 비밀 아닌 비밀을 공유한 민국이는 그날부터 수업 태도도 조금씩 좋아지더라고요. 의리남 민국이와 더 가까워진 느낌이었습니다. 똥을 치우고 내심 뿌듯해하던 민국이의 표정이 지금도 생생하게 기억나네요. 아이들에게 제 신발에 묻어 있던 것이 사실은 똥이었다고 고백했다가, 교실은 웃음바다가 되었습니다. 똥은 그렇게 저와 저희 반 친구들에게 잊지 못할 재미있는 추억을 안겨 주었습니다.

그러고 보니, 불행에만 초점을 맞췄다면 미처 찾지 못했을 행운의 순간들이 참 많았겠다 싶어요. 우리의 일상은 이렇게 작은 행운들이 조각조각 모여 행복으로 채워지는 것이지요.

많은 사람들이 이벤트에 당첨되거나 대회에서 1등을 하는 것과 같은 큰 행운을 바라지요. 다른 사람들의 운을 쳐다보며 부러워하느라, 정작 자기 앞에 놓여 있는 작은 행운들을 발견하지 못하는 경우가 많습니다. 자신에게 행운이 찾아온 줄도 모르고 불운에 초점을 맞추고 있기도 합니다. 그러나 우리 삶에는 이렇게도 작지만 소중한 행운의 순간들이 참 많습니다. 불행의 순간에 초점을 맞추어 기쁨을 차단하기보다 그 작고 소중한 기쁨들을 온전히 그대로 누려 보세요. 그렇게 하면 우리의 인생을 불행보다 행복으로 채울 수 있지 않을까요? 그렇게 생각하니, 불행과 행운은 정말 한 끗 차이구나 싶습니다. 우리 인생에 일어난 크고 작은 일들은 결국 우리가 어떻게 보느냐에 달려 있으니까요.

지금 행복해질 너에게

05

걱정을 걱정하지 않기로 결심했어

—

"마음이 현재에 있어야 행복하다. 마음이 과거에 있으면 후회하고, 미래에 있으면 불안해한다."라는 말이 있지요? 우리는 현재를 살고 있으면서도 마음을 현재에 두지 않고 끊임없이 과거를 떠올리고, 미래를 걱정합니다. 좋은 일이 일어나면 현재에 일어난 좋은 일 그대로를 즐기면 될 텐데 꼭 걱정거리를 만들기 시작하지요.

좋은 일에 숨겨져 있는 나쁜 것은 혹시 없나 찾아보기도 하고요. 지금은 좋은 일이 일어났지만, 다음에는 나쁜 일이 일어나면 어쩌나 하고 미리 걱정합니다. 마치 걱정할 것이 없어서 걱정이라는 듯 끊임없이 걱정을 놓지 않지요. 이런 마음들은 모두 나의 마음이 현재에 있지 않기 때문입니다. 현재를 오롯이 즐길 줄 알아야 하는데 일부러 걱정거리들을 내 마음으로 불러 모으지요.

혹시 「우산 장수, 부채 장수」라는 우리나라 전래 동화를 기억하시는지요?

"옛날 옛적에 두 아들을 가진 어머니가 살고 있었습니다. 큰아들은 우산 장수, 작은아들은 부채 장수였지요."로 시작되는 걱정 많은 어머니 이야기인데요. 이 걱정 많은 어머니는 날씨가 맑으면 우산이 안 팔리겠다고 걱정하고, 비가 오는 날이면 부채가 안 팔리겠다고 걱정했대요.

그러자 옆집 아주머니가 늘 걱정만 하지 말고 반대로 생각하라고 하셨지요. "날씨가 맑으면 큰아들이 하는 부채 장사가 잘되어서 좋고, 비가 오면 작은아들이 하는 우산 장사가 잘된다고 좋아하면 되잖아요." 하고요. 현재를 있는 그대로 즐기면 될 텐데, 좋은 일을 그저 즐기지 못하고 걱정거리를 굳이 찾던 과거의 제 모습을 보는 것 같았습니다.

신경정신과 의사 양창순 님은 사람들이 걱정하는 모습을 '아이스크림을 먹는 것'에 비유하더라고요. 어떻게 먹을지 망설이거나, 다른 사람의 것과 비교하거나 혹은 지난번에 먹은 것이 더 맛있었는데 하면서 후회하는 동안 아이스크림은 계속해서 녹아 버린다고요. 그렇게 없어져 버리는 것이 나의 잠재력과 에너지라면 내 인생에서 크나큰 손실 아니냐고 덧붙이면서요. 내 마음을 걱정에게 빼앗겨 버리면 지금 내게 주어진 달콤한 아이스크림을 먹으며 온전히 지금, 이 순간을 즐길 수가 없지요. 먹기도 전에 아이스크림이 다 녹아서 없어져 버릴 수도 있습니다.

우리가 지금 걱정하고 있는 그 자잘한 걱정들은 나중에 떠올려 보면 정말 별것이 아닐 가능성이 높습니다. 라틴어로 '우리는 죽는다는 것을 기억하라.'는 뜻인 '메멘토 모리'와 '현재, 이 순간에 충실해지라.'는 뜻의

'카르페 디엠' 역시 우리가 사는 바로 지금, 이 순간에 집중하라는 말이지요. 우리가 당장 내일 죽는다고 한다면 지금 내가 걱정하고 있는 그 자잘한 것들이 무슨 의미가 있을까요.

가족들과 성산일출봉에 올라갔던 기억이 문득 떠오릅니다. 올라갔다 내려오는 분들이 다들 헉헉 숨을 고르며 힘들어하시는 겁니다. 가는 길이 꽤 높아 보이고 계단이 무척이나 가팔라 보여서 '가다가 못 올라가겠으면 어쩌지, 다녀와서 아프면 어쩌지.' 하고 망설여지더군요. 그러다 여기까지 왔는데 정상까진 올라가 봐야지 싶어서 용기를 냈습니다. 정상에 올라와 봤더니 내려다보이는 풍경이 그렇게 멋있고 아름다울 수가 없었습니다.

물체 하나하나가 선명하게 따로따로 눈 안에 들어오는 것이 아니라, 그저 모두가 어우러진 아름다운 하나의 풍경화처럼 한눈에 들어오더군요. 저희가 올라오기 전에 도넛을 사 먹었던 도넛 가게도 콩알만 해 보이고 산 아래 건물들은 모두 다 레고 블록처럼 작게 보이더라고요. 그보다 더 멀리에 있는 것들은 그저 아주 작은 점으로 보였습니다.

일출봉에 올라오는 길에 마주쳤던 제 키보다 훨씬 큰 나무 한 그루, 한그루들도 정상에 올라와서 보니 한 그루 한 그루의 나무들이 아닌 푸른 숲 전체가 되어 한눈에 들어왔습니다. 나무도 건물도 모두 산 위에서 보니 아름다운 풍경의 한 장면을 이루고 있는 그저 아주 작은 색들로만 보였어요.

"인생은 가까이에서 보면 비극이지만, 멀리서 보면 희극이다."라는 찰리 채플린의 유명한 말이 저절로 생각나는 순간이었습니다. 가까이서 볼 때는 그렇게도 크고 심각해 보이기만 했던 걱정거리들도 사실 멀리 떨어져서 보면 별거 아닌 것들이었습니다.

'가까이에서 볼 때는 그렇게도 심각하게만 보이고 나를 힘들게만 하는 것들이라 생각했는데…. 지나고 보니 그저 내 아름다운 삶을 이루고 있는 수많은 색 중에 아주 작은 하나였을 뿐이었구나.' 하는 생각이 들더군요. 별거 아닌 자잘한 걱정거리들로 나는 일희일비하고 하루를 의미 없이 흘려보내기도 하고, 망치기도 했구나 싶었습니다.

결국엔 내 삶에서 잘 지나갈 것이고 아름답게 빛날 것들이었는데, 저는 왜 그렇게도 걱정을 했을까요. 카메라 렌즈를 Zoom in으로 당겨서 보면 아주 작은 티끌조차도 엄청나게 커 보이지만, Zoom out으로 멀리 떨어져 보면 그저 보일락 말락 눈에 잘 보이지도 않는 티끌일 뿐이라는 것을 깨닫게 됩니다. 우리의 걱정거리들도 Zoom in이 아닌 Zoom out으로 대해야 하는 것들이지요.

제가 몸과 마음이 한참 지쳤던 때가 있었습니다. 몸과 마음이 약해져 있다 보니, 제 삶에 부정적인 마음과 걱정들이 쉽게 침투했습니다. 끝도 없이 나쁜 일이 일어나는 것 같아서 매일 학교에 출근하기가 무서웠던 때였어요. 매일 아침에 눈을 뜨면 '오늘 또 안 좋은 일이 일어나면 어쩌지?' 하며 걱정하고, 밤이 되면 내일을 걱정했습니다. 지난 일들이 다

지금 행복해질 너에게

연결되어서 나쁜 일이 일어나면 어쩌나 하고 머릿속으로 온갖 걱정거리들을 만들어 냈지요. 그러다 보니 현재를 즐기지 못했어요.

마냥 어리기만 할 줄 알았던 저희 아이가 하루는 음료수 유리병이랑 매직, 그리고 색종이를 들고 와서 뚝딱뚝딱 뭘 만들고 있는 겁니다. '걱정 인형'이라며 저에게 건네주더군요.

"엄마, 걱정하지 마요. 엄마를 괴롭히지 마요. 엄마가 걱정하고 있는 그 일들은 일어나지 않아요. 지금 엄마가 걱정하는 거 이 걱정 인형에게 다 말해요."

고사리손으로 건네주던 걱정 인형을 보고 아차 싶었습니다. 걱정하고 있는 엄마가 아이의 눈에 계속 들어온 거지요. 바로 지금 내 곁에 있는 소중한 아이와는 함께하지 않고, 일어나지도 않은 일들을 걱정하느라 이 귀한 시간을 흘려보내고 있구나 싶었습니다. 아이가 건네어 준 걱정 인형을 손에 꼭 쥐고선 "앞으로 그러지 않을게." 아이 앞에서 다짐했습니다.

마음을 현재에 두면 보이는 것들이 많아집니다. 지금 내가 하는 행위에 집중하게 되니까요. 길가에 스쳐 지나갔던 꽃들에도 산책길에 한 번더 눈길을 보내게 되고요. 글을 쓰다 문득 고개를 들었을 때 보이던, 해가 지던 풍경도 아름답게 느껴집니다. 아이와 함께 손을 잡고 집에 돌아오는 길도 특별하게 느껴집니다.

돌아오는 길에 만난 달을 폰 카메라에 요리조리 예쁘게 담는 아이의 모습에 저도 모르게 웃음이 새어 나옵니다. 걱정이 아닌 현재에 충실하게 되면 작은 것들이 모두 특별한 행복으로 다가오더라고요. 그렇게 걱정이 들어올 틈은 작은 행복들로 막아 버리는 겁니다.

"마음이 현재에 있어야 한다. 지금 걱정거리는 나중에 보면 아무것도 아니다."

늘 마음속으로 외쳐야겠습니다. 방심하는 순간 또 자잘한 걱정이 올라오기 시작하거든요. 어제의 일을 복기해보며, 내일의 일을 상상해 보며 또 쓸데없는 걱정거리를 만들기 시작하는 저를 발견하게 되거든요. 걱정이 스멀스멀 올라올 때, 저는 마음에 잠시 '멈춤' 버튼을 누릅니다.

그리고 제 마음에게 말해 줍니다. "마음이 현재에 벗어나고 있는 신호구나. 현재에 집중해. 현재를 즐겨." 하고요. 그것으로도 되지 않으면 운동화를 조여 매고 일단 나가 봅니다. 걱정은 정지 버튼을 눌러 화면 뒤로 보내고, 다시 현재에 집중하도록 환기를 시키는 거지요.

일상의 매 순간 걱정하지 않는 사람은 아무도 없습니다. 그러나 자잘한 걱정들을 떨쳐내고 현재에 충실한 현재 지킴이로 살지, 걱정들과 함께하는 걱정 지킴이로 살지는 본인의 선택에 달려 있습니다. 지금 여기 내게 온 선물. 현재에 충실하세요. 현재를 충분히 즐기세요.

06

홀로움을 즐겨 보자

—

황동규 시인의 「홀로움」이라는 시를 혹시 아시는지요? 저는 황동규 님이 말한 '홀로움'이란 단어를 좋아합니다. 혼자 있는 고통이 외로움이라 한다면, 황동규 시인의 말을 빌리자면, 홀로움은 환해진 외로움을 뜻합니다. '자발적 홀로움'을 뜻하는 고독과 가까운 단어이지요. 혼자 있음이 외로운 사람은 타인이 없다는 것, 즉 다른 사람에게 집중한 것이고요. 혼자 있음이 환해진 홀로움인 사람은 나에게 집중한 것입니다. 다른 사람이 없어도 '나'와 함께 할 수 있는 홀로움의 시간은 진정한 나의 내면과 마주하기 위해 꼭 필요합니다.

『최재천의 공부』에는 저널리스트 안희경 님과 최재천 교수님이 주고받으신 대담 내용이 실려 있습니다. 안희경 님은 '홀로'의 의미는 세상과 단절이 아니라, 내가 나와 온전히 함께하면서 내 안에 스며든 세상의 요소를 바라볼 수 있는 시간이라고 하시더라고요. 세상과 연결된 적극적인 나의 존재를 깨달아 가는 시간이 바로 혼자 있는 시간이라는 것이지요. 너와 내가, 그리고 각각의 '나'들이 세상에 함께 하기 위해서는 나에게 집중하는 시간이 필요합니다. 내 속의 내가 들려주는 목소리에 온전히 집중하여 나를 고요하게 들여다보는 시간이자, 세상과 연결된 나를 느끼며 에너지를 충전할 수 있는 시간이기 때문이지요.

바쁘게 세상을 살아가다 보면 외부 세상과 자극에 길들여져서 정작 나의 내면이 무엇을 원하고 무슨 이야기를 하고 싶은지 지나칠 때가 많습니다. 다른 사람들의 목소리에는 귀를 기울여 주면서, 정작 내 목소리는 귀 기울여주지 않고 놓치는 순간들이 많더라고요. 혼자 가질 수 있는 시간에서조차 우리는 우리 내면의 소리에 집중하지 않습니다. 인스타를 찾아보고 유튜브 영상을 시청하면서 주변 자극에만 계속 반응하는 삶을 살지요. 혼자 있을 때조차도 오롯이 혼자 있지 못하는 시간을 보내게 됩니다.

혼자만의 시간은 나다움을 찾을 수 있는 시간입니다. 타인에게 향하던 시선을 거둬들이고 나를 바라보는 시선만 남은 시간인 거지요. 스페인의 소설가이자 철학자인 미겔 데 우나무노는 "고독 속에서만 우리 자신을 발견할 수 있다."라고 말했습니다. 혼자 갖는 시간을 통해 복잡했던 마음을 정리할 수도 있고 상황을 냉정하게 판단할 수도 있으며, 좋아하는 일에 몰두할 수도 있습니다.

혼자만의 시간을 '싱크 위크(Think Week)'라는 이름으로 의미 있게 보내기로 유명한 빌 게이츠가 떠오르네요. 빌 게이츠는 1년에 1~2번

북서 태평양에 인접한 삼나무 숲속의 작은 2층 별장집에 혼자 머물며 완전히 혼자만의 시간을 보냅니다. 이 싱크 위크 기간 동안 대부분의 시간을 산책하고, 풍경도 감상하고 차를 마시며 나만의 시간을 보낸다고 해요. 그렇게 생각하고 읽고 쉬며 보낸 혼자만의 시간 덕분에 새로운 아이디어를 구상하고 회사 경영과 관련된 생각도 자연스럽게 정리된다고 합니다.

혼자만의 시간은 스스로를 위로해 줄 수 있는 시간이기도 합니다. 안 좋은 일로 인해 기분이 가라앉을 때 친구들과 수다로 가라앉은 기분을 떨쳐 내고 싶을 때도 있습니다. 하지만 결국에는 혼자서 차분히 마음을 달래고 싶다는 생각이 들지 않으시던가요? 혼자만의 시간은 우리에게 위로를 줍니다. 마음을 고요히 한 채, 그 누구에게도 방해받지 않고 '나'에게만 집중할 수 있는 시간을 통해 나를 위로해 주는 거지요. 그 누구보다 스스로에게 해 주는 위로가 효과가 있음을 우리는 무의식적으로 알고 있습니다.

결혼 전에 저는 대학원에 진학해서, 대학원 방학 동안 삼촌이 계신 뉴질랜드로 단기 어학연수를 가려는 계획이 있었습니다. 남편은 저와 결혼을 빨리하고 싶은 마음에 결혼을 먼저 하고 대학원에도 가고, 뉴질랜드 어학연수도 다녀오라고 하더군요. 제 계획보다 훨씬 빨리 결혼을 하게 되었습니다. 그런데 자라온 집안 환경도 다르고 가치관도 다르다

지금 행복해질 너에게

보니 싸우게 되는 날들이 많았습니다. 둘 다 너무 이른 나이에 결혼하는 바람에 미처 몰랐던 것이지요.

남편은 일이 너무 바빠서 매일 새벽 1시가 다 되어 귀가했고요. 그러다 보니 허심탄회하게 이야기를 나눌 기회도 없었습니다. 어쩌다 기회가 생겨도 먼저 말 꺼내기가 서먹서먹해서 서로가 피했습니다. 어린 마음에 서로를 이해하려고 하기보다 서로에게 이해를 받으려고만 했지요. 솔직하게 대화로 풀어 보려 하지 않고 자존심만 내세우느라, 서로 원망하는 말만 늘어놓거나 아예 대화를 닫아버렸습니다. 그렇게 좋지 않은 감정들이 자꾸 쌓여만 갔는데 남편도 저도 둘 다 어떻게 풀어야 할지를 모르겠더라고요.

그러다 예정된 단기 어학연수를 뉴질랜드로 혼자 떠나게 되었습니다. 어학원에서 공부하는 시간을 제외하고는 저에게 집중할 수 있는 시간이 많이 주어졌습니다. 주위에 강렬한 자극 없이 자연에만 둘러싸여 시간을 보내니 마음이 고요해졌고요. 여백이 있는 삶이 가능했습니다. 다른 사람들이 아닌 저 자신에게 오롯이 집중할 수 있었지요. 혼자 있을 수 있는 시간이 길어지니 생각할 시간도 많아졌습니다.

어느 날 삼촌 집 앞 산책로를 한 바퀴, 두 바퀴, 세 바퀴… 아무 생각 없이 돌고 있다가, 갑자기 한국에서 남편과 내내 싸웠던 일들이 떠오르는 겁니다. 둘 사이의 문제가 아니라 외부의 문제로 이렇게까지 싸우고 마음 상해 있는 것이 서로에게 좋은 일일까 싶고, 의미가 있나 하는 생각이 들었습니다.

'둘이서 함께 행복해지고 싶어 결혼한 거 아닌가? 우린 지금 뭘 하는 거지? 나는 남편과 정말로 헤어지고 싶은 걸까? 아니면 잘살아 보고 싶은 걸까?'

꼬리에 꼬리를 물고 끊임없이 질문들이 떠오르기 시작했습니다. 계속 떠오르는 질문을 따라가다 보니, 가장 중요한 마음 하나가 남았습니다. '나는 남편과 행복해지려고 결혼했고 계속 이 사람과 행복하게 잘 살고 싶다'는 마음 하나 말입니다. 그래서 제가 먼저 남편에게 솔직해져 봐야겠다 싶었습니다. 서로 자존심은 접어 두고 대화로 방법을 찾아 나갈 수도 있겠다 싶었고요. 이런 생각을 하는 저 스스로가 기특하기도 했습니다. 저와의 약속을 잊지 않고 어학연수를 오게 해 준 남편에게도 고마운 마음이 들더군요. 여백이 생기니 제 마음에도 여유가 생겨 남편의 마음도 보이더군요. 홀로움을 통해 다시 함께 살아갈 수 있는 에너지를 충전할 수 있었습니다.

그렇게 혼자만의 시간을 가지며 저는 외부 자극이나 다른 사람의 목소리가 아닌 제 마음에 오로지 집중할 수 있었습니다. 복잡한 마음을 정리하고 상황을 조금은 관조적으로 살펴보며 해결책을 찾아 나갈 수 있었어요. 그렇게 정리된 마음을 가지고 한껏 가벼워진 목소리로 남편에게 전화를 걸었습니다. 남편도 혼자 시간을 보내며 생각이 많았나 봐요. 그렇게 우리는 자연스럽게 마음이 풀렸습니다.

지금 행복해질 너에게

남편과 떨어져서 혼자만의 시간을 갖지 않았다면 그때까지도 속상하고 미운 감정을 마음속에 잔뜩 쌓아 놓고서는 서로 다가가지 않았겠지요. 속으로는 얽혀버린 관계를 어떻게 풀어야 할지 막막해하면서도, 겉으로는 티 내지 않으려 서로 자존심만 내세우며 싸우고 있었을지도 모를 일입니다. 공간적으로 잠시 분리된 느낌이 들 때, 정말 혼자만의 시간을 가질 수 있을 때 제 마음에 온전히 다가갈 수 있었습니다. 해결되지 않은 문제에 더 잘 집중할 수 있고 마음이 더 평온해졌습니다. 마음이 평온해지면 생각 정리도 더 잘되었고요. 같이 어울려서 즐겁게 지낼 수 있는 에너지도 다시 충전할 수 있었습니다.

심리학 용어로 적극적 고독을 뜻하는 '솔리튜드(solitude)'라는 용어가 있습니다. 솔리튜드는 자기 생활 안에 혼자가 되는 시간을 적극적으로 가지라는 뜻입니다. 주변 자극에 반응하기만 하는 삶이 아니라, 혼자만의 시간을 통해 내 생각 내 마음에 오롯이 집중하여 나 스스로 해답을 발견할 수 있는 솔리튜드의 시간을 즐기라는 것이지요. 적극적이고도 독립적인 삶을 살 수 있게 해 주는 것이 바로 '홀로움'의 시간입니다. 홀로움의 시간을 통해 따로, 또 같이 살아갈 수 있는 에너지를 충전해 보시는 건 어떠실지요?

07

늘 웃으며 지내

—

거의 5년 만에 대학교 은사님을 뵈었습니다. 퇴임하시고도 여전히 바쁘게 지내시는 은사님께서 출장차 서울에 올라오셨다가 얼굴 한번 보자고 연락을 주셨어요. 기쁜 마음으로 만나 뵈러 나갔지요. 동네 주민이시라 졸업하고도 몇 번 뵈었지만, 교수님도 저도 다른 지역으로 이사를 가는 바람에 한동안 뵙지 못했어요. 메시지로, 전화로 그렇게 안부만 여쭙다가 직접 뵈니 정말 좋았습니다. "요즘 뭐 하고 지내나?" 하시는 물음에 고민할 새도 없이 글을 쓰고 있다고, 개인 공간에 글을 써서 올리고 있다고 말씀드렸습니다.

글 쓰는 건 가족을 포함한 지인들에게 다 비밀로 하고 있었거든요. 왠지 모르게 좀 부끄럽고 민망해서 말하기가 그랬습니다. 표현의 자유가 제약될 것 같고, 왠지 모르게 검열관들이 늘 것만 같은 그런 느낌이 들어서요. 그래서 주변 사람들에게 이야기하지 않고 있었는데 그만 교수님께 실토해 버렸습니다. 비밀로 해 달라는 말씀도 덧붙이면서요.

지금 행복해질 너에게

한동안 아파서 제가 계속 쉬고 있었던 걸 아셔서 또다시 교수님께 걱정을 끼쳐드리기도 죄송스러웠거든요. 무언가에 열심히 몰두하며 즐겁게 지내고 있다는 걸 보여드리고 싶었던 마음이 앞서서 그런 걸지도 모르겠습니다. 그런데 알고 보니, 교수님도 글 쓰는 것을 좋아하시더라고요.

"나도 생각이 날 때마다 *끄적끄적* 적고 싶은 욕구가 일렁일 때가 있는데…."

이렇게 말씀하시길래, 냉큼 개인 블로그에 글을 써 보시라 권해 드렸습니다. 혹시 공개하시기 꺼려지시면 비공개로라도 글을 한 번 써 보시라고 말씀드렸습니다. 그렇게 저희는 서로의 글쓰기 '도반'이 되어 주기로 약조했습니다. 쉬는 동안 필사를 하고 있다며 필사의 좋은 점도 설파해 드리고요. 대하소설을 정말 좋아하시길래, "혹시 '최명희' 님의…." 라고 말을 꺼내기 무섭게 교수님은 "혼불!"이라고 대답하시더라고요. 최명희 작가님의 생가에 가 보신 이야기도 들려주셨습니다.

"늘 웃으면서 지내. 늘 웃으며 지내." 하시며 돌아서 가시던 교수님의 마지막 말씀이 제 귓가에 계속 맴돌았습니다. 쉬는 동안 글을 쓰면서 웃음이 늘었거든요. 달라진 제 모습을 눈치채시고 계속 웃으며 지내라며, 웃으니까 보기 좋다며 건네신 응원의 말씀인 것 같아 마음이 울컥했습니다.

그동안 뭔가에 쫓기듯 조바심이 있었던 것이 사실이었습니다. 몸이 많이 안 좋았고요. 가방끈은 긴데, 아픈 바람에 그 어디에도 활용해 보지 못했던 가방끈이라 속상한 마음도 제 마음 한구석을 차지하고 있었습니다. 기회가 올 때마다 하지 못하게 막아서던 사람들에 대한 원망, 그때마다 저항하거나 적극적으로 표현하려는 시도조차 하지 않고 수동적으로 그저 포기하기만 했던 저에 대한 원망도 있었습니다. 모든 일은 다 내가 아파서 생긴 일이라며 스스로를 괴롭혔지요.

비상식적인 행동으로 제 마음에 생채기를 냈던 사람들과의 관계로 좌절했던 순간들조차도, 혼자 바로 서지 못했습니다. 관계의 주도권은 제가 아닌 다른 사람들에게 쥐여 주고 이리 흔들 저리 흔들거리기만 했습니다. 이미 일어난 일들을 똑바로 바라보고 다음 단계로 나아가려 하기보다, '왜 나에게만 이런 일이 일어날까?' 하며 원망하고 자책하던 시간이 있었습니다.

정신과 의사이자 심리학자인 엘리자베스 퀴블로 로스는 인간이 죽음을 받아들이는 5단계를 '부정(Denial), 분노(Anger), 타협(Bargaining), 우울(Depression), 수용(Acceptance)'이라는 '분노의 5단계(영어로는 DABDA)'로 표현했습니다. 첫 번째 단계는 현실을 부정합니다. 두 번째 단계에서는 세상, 타인, 혹은 본인을 향해 분노합니다. 그다음에는 타협하고 우울해하다가 마지막에는 현실을 수용하게 된다는 분노의 5단계입니다.

지금 행복해질 너에게

이 단계는 죽음을 맞이한 사람뿐 아니라, 되돌리기 어려운 불행한 사건을 겪게 된 사람들에게도 나타나는 현상이라고 합니다. 각 단계는 건너뛰기도 하고, 거꾸로 나타나기도 하며, 한 단계가 여러 번 나타나기도 하는 등 사람마다 다르게 나타나기도 합니다.

분노의 5단계 중에서도 저는 현실을 부정하고 저 자신을 원망한 시간이 길었습니다. 자꾸 나쁜 일들이 연달아 일어나길래 세상을 향해 원망해 보다가, 결국엔 계속 저를 향해 자책하고 원망했지요. 그대로 받아들이고 앞으로 나아가야 했는데 쉽지 않았습니다.

이제 그런 과거와 서서히 안녕을 고하고 있는 저를 발견했습니다. 그 시간이 짧았다면 참 좋았을 테지만, 그래도 평온해진 지금이 어디냐며 감사할 뿐입니다. 깨닫고 받아들이기까지 4년이 걸렸네요. 정말 긴 시간이 걸렸습니다.

받아들이고 달라지기까지 시간이 오래 걸린 만큼, 저는 더 단단해졌습니다. 지금의 저라면 타인으로 인해 그렇게까지 마음이 무너지지 않았을 겁니다. 사람은 누구나 좋은 면과 함께 나쁜 면, 못난 면 모두를 다 가지고 있는 복합적이고 다면적인 존재라는 것을 알기에, 사람들과의 관계에서 그렇게까지 실망하는 일도 없을 겁니다. 의지할 누군가를 찾아, 관계의 주도권을 그 누군가에게 쥐여 주고 이리저리 휘둘리는 것이 아니라 스스로 온전히 단단하게 서려고 노력할 테지요.

표현하지 않으면 서로 오해할 수 있으니 내 마음을 어떤 식으로든 표현해야 한다는 것을 알게 된 지금이라면 달랐을 겁니다. 감추고 숨기는 것이 아니라 나의 언어로 솔직하게 표현할 수 있었겠지요. 원망해도 달라질 것은 하나도 없으니, 그저 온전히 일어난 사실 그대로를 받아들이고 현재를 살아야 한다는 것을 알기에 그렇게까지 힘들어하지도 않았을 겁니다. 아픈 나를 부정할 것이 아니라 그대로 받아들이고 안아 주어야 한다는 것을 알기에 그렇게까지 자책하지도 않았을 겁니다.

그때의 저는 그랬습니다. 수동적이었고 타인의 시선을 너무도 많이 의식했고요. 겁이 많았습니다. 관계에서 온 상처를 극복하지 못해서 사람들의 험담에 마음 아파했고요. 다른 사람들에게 좋은 사람이기를 바랐던 제 마음도 무너졌습니다. 민폐 없이 뭐든 제대로 해내야 했었는데 아픈 바람에 제가 다 망쳐버린 것만 같아서 한없이 저를 자책했습니다. 그러나 그때의 '나'도 '나'이고, 지금의 '나'도 '나'입니다. 과거 나의 모습에, 과거의 일들에 대해 후회해 보았자 과거에만 매몰될 뿐입니다. 이제는 있는 그대로의 나를 받아들입니다. 다 지나간 일인걸요. 되풀이하지만 않으면 됩니다. 지금은 지금의 삶에 충실해지려 합니다.

오랫동안 무언가를 연구하고 끈질기게 공부해 보았던 경험은 제가 포기하지 않고 한 곳에 집중할 힘을 가질 수 있게 해 주었고요. 안 될 거라는 생각보다 결국엔 해낼 수 있을 거라는 마음가짐을 가질 수 있게 해 주었습니다. 감정을 표현하지 못하고 쌓아 두었기에 저처럼 마음을 쉽게 표현하지 못하는 아이들의 마음을 더 잘 헤아려 줄 수 있게 되었

지금 행복해질 너에게

습니다.

　수동적으로 순응하며 살았던 삶의 경험들, 그리고 저의 목소리를 내지 못했던 지난날의 경험들은 나 자신에게 좀 더 집중하며 나를 찾아가는 여행을 할 수 있는 계기를 만들어 주었습니다. 그리고 이렇게 계속해서 글을 써 나갈 수 있도록 과거의 '나'는 저를 여기까지 데려다주었네요. 되풀이되기만 했던 과거를 끊고 앞으로 나갈 힘을 얻게 해 주었습니다.

　생각보다 시간이 오래 걸리긴 했지만 이것으로도 충분합니다. "늘 웃으며 지내."라는 교수님의 말씀에 담긴 의미를 이제는 알 것 같아요. 이제 아무런 마음의 거리낌 없이 웃으며 지낸다고 말씀드릴 수 있는 저라서 다행입니다. 스스로를 토닥여 줄 수 있는 지금이라서요. 과거의 내가 현재의 나에게 해 주는 응원을 온전히 마음으로 받아들일 수 있게 되어 너무나 좋습니다. 과거의 나를 통해 현재의 내가, 현재의 나를 통해 미래의 내가 인생을 배우고 있습니다. 저는 그렇게 저에게서 인생을 배우고 있습니다.

2장

'나'를 표현하기
힘든 너에게

01

자꾸만 애썼던 나에게

—

"자신이 가치 있는 사람인지 아닌지 판단하기 위해, 늘 주변을 두리번거리고 있지 않나요? 그렇다면 인간으로서 자신의 가치를 다른 사람의 손에 쥐어준 것이나 마찬가지입니다."

『인생의 태도』에서 웨인 다이어는 말했습니다. 자신이 가치 있는 사람인지 아닌지 판단하기 위해 늘 주변을 두리번거리고 있지 않느냐고요. 꼭 저에게 묻는 것만 같았지요. 이제껏 저는 그랬습니다. '모두가 따라야 할 정확한 답이란 것이 세상에 존재하지 않을까?'라는 생각에 늘 외부에서 정답을 찾으려고 했어요. 그리고 저에게만 유독 이중잣대를 들이밀었지요. 반 아이들에게는 "완벽하지 않아도 괜찮아. 너는 그 자체로 소중한 사람이야."라고 말해 줬으면서, 저에게는 그러지 않았어요. 완벽하게 되려고 노력하지 않으면 안 된다고 생각했거든요.

"나는 학생들에게 모범을 보여야 하는 교사여야 하고, 아이에게도 좋은 엄마가 되어야 해. 부모님을 실망하게 하지 않는 맏딸이 되어야 하고, 살림도 다부지게 잘하는 아내가 되어야 해. 약한 모습이나 부족한 모습을 보여서는 안 돼. 되도록이면 완벽하게 다 잘하려고 노력해야지."

저의 가치를 외부의 시선에 맞추어 판단했습니다. 다른 사람들이 바라는 모습으로 저를 바꾸려 자꾸만 애썼습니다. 나라는 사람의 '소중함'은 내가 가장 잘 알고 있는데, 그 마음은 들여다보려 하지 않고 외부의 기준에 나를 맞추려고 했습니다. '항상, 반드시, 완벽하게, 잘'과 같은 부사어와 함께 '해야만 하고, 되어야만 하고, 바람직해야만 한다'는 의무를 나타내는 단어들에 저를 맞추며 살아왔습니다.

아이가 태어났을 때, 산후조리원 간호사분들이 신생아를 돌보는 방법을 알려주었습니다. 모유 수유할 때 어떻게 하면 잘 나오는지, 아이가 어떤 자세로 안고 있어야 편한지, 잘 먹을 수 있는지, 그리고 유축은 몇 시간 간격으로 하는지 가르쳐 주었습니다. 아이 목욕은 어떻게 시켜야 좋은지도 알려 주었어요.

처음 엄마가 된 저는 모든 것이 낯설고 당황스러웠던지라, 좋은 엄마가 되려면 간호사분들이 알려 주는 대로 따라 하면 되겠다고 생각했습니다. 정답일 거로 생각하며 정확히 따르려 노력했지요. 아이 고개 각도는 어떻게 하면 좋은지, 목욕은 몇 분을 시켜야 하는지, 유축 시간 간격까지 정확하게 수첩에 다 기록해 놓았습니다.

지금 행복해질 너에게

그런데, 생각보다 잘 안되는 겁니다. 알려 주는 대로 했는데도 아이를 안는 것도 어색하고, 모유 수유를 어떻게 하는지 알려 주는 대로 했는데도 잘 안됩니다. 유축 시간 간격에 맞춰서 밤을 새워 가며 유축해서 모유를 보관했는데도 다른 사람에 비해 양이 많은 것 같지 않더라고요.

'아이를 안는 각도가 틀렸나? 시간 간격이 정확하지 않았나? 목욕 시간이 너무 길었나? 다른 산모들은 한 번에 아이에게 젖을 물리고, 아이를 안고 있는 자세도 너무나 자연스러운데 나는 왜 이렇게 못하지? 가르쳐 준 대로 잘 따라 해야 하는데 왜 나만 못하는 거지?'

별별 생각이 다 들었습니다.

처음부터 완벽한 엄마가 어디 있을까요. 세상에 태어나 처음 만난 아이와 부족하지만 서로 맞춰 가면서 요리조리 해 보면 되는데, 처음부터 완벽하게 잘하고 싶었던 거죠. 간호사분들이 알려준 방법을 제대로 해내지 못하는 제가 한없이 부족해 보였습니다. 다른 산모들은 다 잘하는데 저만 제대로 못 해내는 것 같아서 부족한 엄마인 것 같아서 눈물이 나더군요.

혁신학교로 이동한 첫해가 떠올랐습니다. 혁신학교는 쉽게 말씀드리자면 일반 학교와 달리, 학교와 교사가 한 해 동안의 교육과정(커리큘럼)을 좀 더 자율적으로 편성하여 운영할 수 있습니다. 그래서 매년 새 학기가 시작하기 전에 학년 선생님들과 함께 그해의 학년 교육과정을 미리 계획하고 구성합니다. 주제 통합 중심의 수업을 하다 보니 대부분 여러 교과가 통합되어 있는 프로젝트 형식의 수업을 구성해서 운영합니다. 그러다 보니 학년 단위에서 함께하는 활동이나 이벤트들이 많습니다.

동 학년 선생님들은 이미 몇 년이나 해 보아서 익숙했는데, 저는 모든 것이 처음이라 익숙하지가 않았습니다. 수업 준비하는 것도 버겁고 학년에서 같이 진행하는 활동이나 행사도 많아 따라가기 버거웠습니다. 중·고학년을 주로 맡아 수업을 하다 저학년은 처음 맡아보았는데요. 저학년이라 가르칠 내용이 적고 비교적 간단해서 수업이 쉬울 줄 알았더니, 오히려 가르칠 내용이 적어서 수업 구성하기가 힘들었습니다. 활동 중심, 체험 중심으로 수업을 구상하다 보니 제 체력은 몇 배 더 필요한 느낌이었거든요.

어떤 날은 병원 놀이, 또 어떤 날은 물총놀이, 또 어떤 날은 시 낭송 대회 등등 매주 굵직한 행사를 준비했습니다. 병원 놀이를 하기 전날에는 아이들에게 약 대신 나눠 줄 비타민, 약봉지, 약 포장지를 밀봉할 실링기, 준비물을 미처 챙겨오지 못한 아이들에게 나누어 줄 여분의 물약 통도 준비해야 했고요. 아이들이 골고루 돌아가면서 역할놀이에 참여할 수 있도록 수업 전에 활동 순서도 미리 시뮬레이션을 해 보아야 했습니다.

지금 행복해질 너에게

학부모 상담 주간과 학년 행사가 겹친 날에는 그 전날 수업 준비하랴, 상담 준비하랴, 활동 준비하랴 그 어느 것 하나 소홀할 수가 없어서 정말 힘들더군요. 새벽 1시를 넘어서까지 준비한 날도 있었어요. 상담과 행사들이 모두 겹쳐서 체력적으로 힘드니 조금 조정하자며 솔직하게 학년 선생님들께 말씀드려도 되었을 텐데, 입이 떨어지지 않았습니다. '반 아이들을 위해서는 이렇게 하는 것이 맞나 보다.' 싶었습니다. 다른 선생님들은 무리 없이 다 해내고 있는데 나만 유별나거나 부족한 교사로 보이진 않을까 싶어 아무 말도 하지 못했지요.

나름대로 열심히 활동을 구성해서 수업을 준비해 놓고도 혹시 내 수업이 부족하진 않을까 주위를 두리번거리기도 했습니다. 혁신학교 수업은 왠지 다를 것만 같아서 옆 반 선생님은 무슨 수업을 하나, 내가 하고 있는 것이 제대로 하는 것이 맞나 계속해서 고민하고 의심했지요. 다들 다 해내는 것들인데 나만 못하는 모습을 보여 주기 싫었고요. 혹시나 내가 잘하지 못하면 우리 반 아이들에게 피해가 가지 않을까 걱정이 되었거든요.

옆 반 선생님이 저보다 오래 혁신학교에 계셨으니, 저보다 훨씬 잘해 보였고 제가 그 기준에 맞추어야 할 것만 같았습니다. 다른 사람들 눈에 괜찮아 보이는 교사가 되어야 한다는 일종의 강박이 맘속에 자리 잡고 있었나 봅니다. 그렇게 몇 달을 달리다 보니 방학이 가까워질 무렵부터 몸이 아프더라고요.

이런 애씀은 저를 더 힘들게만 할 뿐이라는 것을 혁신학교 2년 차 때 알게 되었어요. 누구에게나 처음은 다 어렵고 불완전하기 마련입니다. 불완전한 나를 그대로 인정하고 내 속도대로 내가 할 수 있는 만큼의 노력을 하면 됩니다. 하지만 저는 외부 기준에 저를 맞추려고 자꾸만 애를 썼습니다. 혁신학교라고 해서 제가 가진 수업 철학이 달라지는 것도 아니고 제가 기존에 하던 수업 방식이나 생활지도 방식이 완전히 달라지는 것도 아니었는데, 저는 모든 것을 다 외부의 기준에 맞춰 저를 바꾸려고 노력했습니다.

삶에서 제가 따라야 할 정답은 외부에 있고 저는 그 정답과 비슷하게 살아가기 위해 노력해야 한다고 생각했던 거지요. 끊임없이 외부의 기준과 저를 비교하다 보니 제가 부족해 보였습니다. 부족해 보이면 그 기준에 맞추기 위해 끊임없이 노력했습니다. 다람쥐 쳇바퀴 돌 듯 반복하며 그저 애만 썼던 거죠.

우리의 인생은 늘 완벽하고 바람직하게 돌아가진 않습니다. 저 역시 항상 잘해야 하는 것도 아니며 그럴 수도 없습니다. '완벽'이라는 것도, '잘'이라는 것도 결국 판단의 기준이 모두 외부에 있는 것들이라 절대적인 것도 아닙니다. 그런데도, 사람들은 본인이 남들만큼 잘하고 있는지, 남들보다 부족한 것은 아닌지, 다른 사람들과 끊임없이 비교하게 됩니다. 그러면서 신체적으로, 감정적으로 스스로를 소진하게 되지요.

억지로 괜찮은 척 나를 끝까지 몰아붙여서 즙을 짜듯 나를 짜내는 것이 과연 누구에게 도움이 되는 걸까요? 사실 그 누구도 그렇게까지 하

지금 행복해질 너에게

라고 한 적도 바란 적도 없을 텐데 저는 자꾸만 애만 썼습니다. 내 가치를 내가 인정해 주지 않고, 가치를 외부에 두고 나를 판단하면 결국 내 삶의 주도권을 내가 아닌 외부에 넘긴 것이나 다름없는데, 그저 애만 썼네요.

우리는 있는 그대로 소중하고 가치 있는 존재입니다. 다른 사람들의 말이나 다른 사람들이 우리를 대하는 태도 혹은 외부의 기준에 의해 우리의 가치는 달라지지 않습니다. 정답이라는 것도 존재하지 않습니다. 삶에서 정답이 있는 것이 아니라 내가 만들어 가는 것이지요. 정답이 없기에 나는 부족하지도 완벽하지도 않습니다. 외부의 기준에 나를 맞추고 그 기준에 미치지 못했다며 나의 가치를 폄하하지 마세요.

외부의 기준에 나를 맞추려고, 완벽하게 하려고 그동안 애썼던 자신에게 말해 주세요. 너무 애쓰지 않아도 괜찮다고. 우린 우리 자체로도 충분히 가치 있고 소중한 존재라고요.

02

나에게 먼저 친절하기

—

　제가 초등학교에 다녔던 시절에는 '일기 쓰기 상'이 있었어요. 일 년 치 일기장을 묶어 가면 선생님들께서 글씨, 내용, 분량 등을 보시고 각 반에 1~2명을 뽑아 상을 주셨지요. 글쓰기를 좋아했던 저는 하루도 빠짐없이 일기를 썼습니다. 의욕이 넘치던 여느 친구들과 마찬가지로 당연히 상을 받고 싶었지요. 예쁜 표지로 소중한 일기장을 곱게 싸서 담임 선생님께 보여드리고 싶었습니다. 떨리는 마음을 안고 엄마와 문구점에 색지를 사러 갔더니, 파란색 1장과 은색 1장만 남아 있는 겁니다. 그래서 그 두 장을 사서 집으로 돌아왔습니다. '파란색은 남동생 주고, 은색은 내가 하면 되겠다'고 생각하면서 말입니다. 그런데 변수가 생겼습니다. 남동생이 은색 색지를 잡고서는 "나는 은색 할래." 하며 휙 가져가는 것이 아니겠어요?

　그 짧은 순간에 온갖 생각이 다 들었습니다. 은색을 갖고 싶었습니다만, 제가 가지면 안 되는 이유 수십 개를 찾아 저 스스로를 설득했습니다. '나는 누나니까 동생에게 양보하는 게 맞아. 내가 양보하면 엄마가

　　　　　　　지금 행복해질 너에게

좋아하실 거야. 동생이 은색을 좋아하니까 나는 참는 게 맞아. 내가 은색을 갖고 싶은 것이 뭐가 중요해. 나보다 엄마랑 동생 마음이 불편하지 않은 것이 더 중요해.' 하고요. 다른 사람에게는 친절하면서 정작 저에게는 친절하지 못했습니다.

무광의 파란색 색지로 일기장을 싸기가 싫었지만 어쩔 수 없었습니다. 반짝거리는 은색 색지를 갖고 싶은 제 마음을 억지로 눌렀습니다. 엄마가 은색 색지로 동생 일기장을 예쁘게 싸 주시는 모습을 부러운 듯 바라만 보았습니다. 내 욕구를 먼저 내세우는 건 이기적이고 나쁜 것이라 생각했거든요.

고등학교 때 친하게 지내자며 저에게 다가온 두 친구가 있었습니다. 겉으로는 외향적으로 보여도 먼저 말 붙이는 것을 수줍어하는 내향인이라, 먼저 다가온 친구들이 고마웠습니다. 그래서 제가 참 좋아했지요. 하루는 그 친구들에게 손 편지를 적어 친구들 가방 안에 슬쩍 넣어놓았습니다. 비행기와 우체통 그림이 예쁘게 그려져 있던 똑같은 엽서 2개를 구입해서는 거의 비슷한 내용으로 편지를 적었습니다. 셋이 함께 친한데 한 친구에게만 길게 적어 주거나 모양이 다르면 다른 한 친구가 서운할 것 같았거든요. 먼저 다가와 줘서 고맙고 소중한 친구 사이로 앞으로도 잘 지내자는 내용이었지요. 친구들은 편지를 바로 꺼내 읽고선 고맙다며 기뻐하더군요.

그런데 어느 날부터 특별한 이유도 없이 저를 멀리하기 시작했어요.

마음은 아픈데 직접 물어보지는 못하겠더라고요. 요즘 용어로 '왕따'를 당했지요. 그렇게 며칠이 지나고 친구들을 우르르 모아서 저를 둘러싸고는 이렇게 말하더라고요.

"우리 둘에게 성의도 없이 똑같은 내용의 편지를 써서 주더라. 자기는 브랜드 옷만 사 입는대. 보세 옷은 쳐다도 안 본단다. 참나, 재수 없어."

부모님과 함께 옷을 사러 가거나, 엄마가 사 오신 옷을 그대로 입어서 친구들과 보세 가게를 가 볼 기회가 없었다던 말을 그런 식으로 곡해할 줄은 몰랐습니다. 편지를 주었을 때 그렇게 기뻐했던 친구들이었는데 말을 그렇게 바꿔 버리니 머리를 한 대 얻어맞은 기분이었습니다. 그게 아니라며 해명하고 싶었지만, 친구들에게 우르르 둘러싸여 있던 그때의 그 공기가 너무나 차갑기만 해서 무섭고 겁이 났습니다. 뭐가 어떻게 된 일인지 상황을 먼저 살피며 나부터 우선 챙겨야 했는데요. '정말 그런 뜻이 아니었는데, 내가 한 말과 행동 때문에 친구들이 기분이 나빴구나. 어떻게 친구들의 마음을 돌리지?' 하는 생각부터 먼저 떠올랐습니다. 그래서 고작 한 말이 "미안해. 다음부터는 고칠게." 였어요.
지금 생각하면 어처구니가 없습니다. 뭐가 미안하고 뭐를 고친다는 이야기였을까요? 그 친구들은 이미 저와 멀어지고 싶은 마음에 그럴듯한 이유를 만들어 억지로 끼워 맞추려 했을 뿐이었습니다. 아니면, 이미 마음이 멀어져서 평소에는 좋아 보였던 것들까지 다 나쁘게 보였는

지금 행복해질 너에게

지도 모르는 일입니다. 이미 조각나 버린 관계를 억지로 붙여 보려고 저는 제 마음만 더 아프게 했습니다. 제 마음은 하나도 살펴 주지 않고 그저 친구들이 기분 나빠 했다는 것에만 마음이 쓰였습니다.

"그런 뜻이 전혀 아니었어. 좋은 마음으로 너희들에게 준 편지로 이렇게 오해를 받을 줄은 몰랐어. 보세 가게에 가 볼 기회가 없었다고 말했지, 보세 옷을 무시하면서 말한 적도 없어. 내가 한 말을 왜 다르게 바꿔서 말해? 너희에게 오해를 받으니 속상하다."라며 제 마음을 먼저 살피는 말을 했어야 했는데 말입니다. 저에게 친절하기보다 오히려 자책하기에 바빴습니다. '내가 바보같이 그런 행동을 하는 바람에 친구들과 사이가 나빠진 거야.'하고요. 남들에게는 친절하고 나 자신에게는 친절하지 못했던 말과 행동들이 습관처럼 반복되다 보니, 나중에는 그렇게 하는 것이 당연하게만 여겨졌습니다.

결혼하고 나서, 남편을 따라 타지로 이사 오는 바람에 친정과 멀리 떨어져 살게 되었습니다. 주변에 아는 사람이라고는 남편밖에 없어서, 더 외롭고 힘든 날들이 지속되었습니다. 매일 남편이 올 때만 기다렸지요. 임신한 지 25주가 남짓 되지 않았을 때였습니다. 출산 예정일이 아직 한참이나 남았는데 계속 진통이 느껴지더군요. 배 속 아이가 세상 밖으로 빨리 나오려 해서 집 근처 산부인과에 입원하게 되었습니다. 무섭고 겁이 나는 마음에 친정엄마 얼굴이 자꾸만 떠오르더라고요. 조산을 막기 위해 매일 맞던 '라보파'라는 약물 부작용으로 자꾸 숨이 차고 온몸이 덜덜 떨렸지요.

며칠을 견디다가 친정엄마가 너무 보고 싶어서 엄마에게 전화를 걸었습니다. 엄마가 와 주면 조금 견디기가 수월할 것 같았거든요. 그런데 전화를 걸자마자 할머니가 얼마 전에 화장실에서 넘어지셔서 거동이 불편하시다는 말을 듣게 되었습니다. 차마 엄마가 보고 싶다는 말을 꺼내지 못했습니다. 제가 아프고 힘든 건 엄마의 고생에 비해서는 아무것도 아닌 것만 같았거든요. 보고 싶다고 여기까지 와 달라고 엄마에게 말한다는 것 자체가 이기적으로 느껴졌습니다. 할머니를 모시고 사시느라 힘드실 텐데 괜히 엄마 마음을 더 불편하게 만들고 싶지 않았습니다. 그래서 아무 말도 못 하고 그냥 전화를 끊었습니다.

저는 늘 그런 식이었습니다. 저에게는 친절하지 못했어요. 제 마음과 욕구를 내세우는 것은 바람직하지 않고 이기적이라고 생각했거든요. 그보다 주변 사람들의 마음을 먼저 살피는 것이 더 우선이라고 생각했습니다. 그래서 내 욕구나 바람에 귀를 기울이기보다는 다른 사람들을 더 신경 썼습니다. 타인에게는 친절했지만 정작 나에게는 친절하지 못한 삶을 살았지요. 타인에게만 친절하고 나에게는 친절하지 못한 삶이 반복되니 어느 순간 지치고 공허해지기 시작했습니다.

하루는 반 아이들과 꽃, 나비, 꿀벌처럼 봄에 만날 수 있는 동식물들을 종이접기로 표현해 보는 수업을 하고 있었습니다. 그런데 반 아이

지금 행복해질 너에게

한 명이 갑자기 우는 겁니다.

"선생님, 못 접겠어요. 못 따라 하겠어요. 저는 바보인가 봐요." 하고요.

"○○이가 왜 바보지요? ○○이는 얼마나 멋진 사람인데. 천천히 선생님이랑 같이 접어 보자. 우리 ○○이는 할 수 있어."

아이가 차근차근 따라올 수 있도록 옆에서 같이 종이를 접어 주었지요. 갑자기 이런 생각이 드는 겁니다. 아이들에게는 "할 수 있어. 넌 멋진 사람이야."라고 진심으로 말해 주면서, 왜 나 스스로에게는 진심을 담은 따뜻한 말을 해 주지 못했을까 하고요. 소중한 사람들이 힘들어하면 마음을 다해 기꺼이 친절을 베풀면서, 왜 스스로에게는 그러지 못했을까 싶었습니다. 친절한 말 한마디에 아이들이 얼마나 힘을 얻는지 바로 옆에서 지켜보았으면서, 정작 나 자신에게는 친절한 말을 해 주지 못했네요.

정신과 의사 김혜남 님은 "인생이란 평생에 걸쳐 나라는 집을 짓는 과정"이라고 표현했습니다. 평생에 걸쳐 '나라는 집을 짓는 과정이 바로 인생이니 삶에서 가장 중요한 '나'에게 좀 더 친절해야 합니다. '나'라는 기둥을 좀 더 단단하게 세울 수 있도록 내가 먼저 소중한 나 자신에게 힘이 되어 주면 어떨까요. 타인 말고 나에게 먼저 친절해지자고요. 스스로에게 친절한 사람이 다른 사람에게도 진심으로 친절할 수 있습니다. 자신에게 친절한 사람이 인생을 좀 더 단단하게 살아갈 수 있습니다.

03

그대로 받아들이니 내가 보였습니다

—

타인에게는 관대하면서 정작 본인에게는 관대하지 못한 분들 많으시지요? 저도 그런 사람 중의 한 명이었습니다. 다른 말로 저는 완벽주의자였습니다. 결함 없이 완전하게 해냈을 때 '완벽'이 가져다주는 매력을 좋아하기 때문에 완벽주의 성향이 있었던 것은 아니었고요. 그와 반대로 내가 완벽하게 하지 못했을 때 뒤따라오게 될 사람들의 불편함이나 그걸 지켜보게 될 제 마음의 불편함을 느끼고 싶지 않았습니다. 사람들이 저에 대해 실망할까 봐 두려움도 컸습니다. 그래서 저 스스로를 많이 괴롭혔지요. "나를 가로막은 건 언제나 나였다."라는 말을 삶에서 실천했던 사람. 바로 저였습니다.

무엇 때문이었는지 정확한 원인은 알 수 없지만, 저는 어지럼증으로 오랜 기간 고생을 했습니다. 아마도 몸과 마음이 지쳐 병이 찾아왔던 거라 짐작만 할 뿐인데요. 어느 날 자고 나서 몸을 일으켰더니 온 세상이 빙글빙글 돌더라고요. 반갑지 않은 손님, 이석증이 그렇게 저를 찾아왔습니다. 이석증은 귓속 돌(이석)이 어떤 원인에 의해 원래 자리에서 떨어져 나와 귓속 림프액을 이리저리 돌아다니다 엉뚱한 자리에 들어가 버리는 바람에 어지럼증을 유발하는 병인데요. 집 근처 이비인후과에서 이석치환술을 받아 떨어져 나온 돌을 제자리에 끼워 넣었는데도 불구하고 어지럼증은 쉽게 사라지지 않았습니다.

어지럼증으로 유명하다는 이비인후과를 다시 찾아갔습니다. 좀 더 검사해 보시더니, 전정신경염과 이석증이 같이 와서 어지럼증이 잘 낫지 않는 거라 하시더군요. 쉬어야 낫는 병이고 시간이 지나야 낫는 병이라 하셨습니다. 고개를 조금만 돌려도 어지럽고 앉아 있어도 서 있어도 걷기만 해도 온 세상이 다 어지러웠습니다. 할 수 없이 병가를 내고 집에서 쉬게 되었어요.

의사 선생님이 말씀하신 대로 집에서 쉬기만 했는데도 어지럼증은 좋아지지 않더라고요. 계속 어지럽기만 하니 일상생활이 전혀 되지 않았고 괴롭기만 했습니다. 6개월쯤 지나도 차도가 크게 없어 대학 병원에서 정밀 검사를 해 보았더니 '전정신경 장애'라고 했습니다. 이미 왼쪽 귀는 상당 부분 균형 감각 기능을 상실했다고 하더군요. 오른쪽과 왼쪽 귀가 균형이 맞질 않으니 계속 어지러웠던 것이 당연했습니다. 뇌가 익숙해질 때까지 시간이 걸릴 거라고 했습니다. 학교를 나가지 못해서 내내 불편한 마음을 안고 집에서 쉬고 있으려니, 쉬어도 쉬는 것 같지 않았습니다.

지금 행복해질 너에게

어지럼증과 함께 제 안의 '완벽주의 추구 병'도 슬금슬금 올라왔습니다. 완벽하게 일을 처리하고, 완벽하게 학기를 제대로 끝내야 했었는데 그러지 못하는 바람에 아이들과 다른 선생님께 불편한 상황을 가져 온 건 아닌가 싶어 아픈 제가 참 싫기만 했습니다. '빨리 나아야 하는데….' 하며 조바심을 냈어요. 생각해 보면, 제 마음이 계속 쉬지를 못하고 외부를 신경 쓰고 있는데 병이 쉽게 나을 수 있었을까 싶기도 합니다.

어지럼증이 조금 좋아졌다가 다시 나빠지기를 반복하는 바람에, 다음 해에 저는 학교를 쉬게 되었습니다. 제 자리를 대신할 기간제 선생님도 미리 구해졌다는 소식에 한결 마음이 놓였습니다. 이번엔 불안하거나 불편한 상황이 벌어지진 않겠다 싶었거든요. 그런데 학급을 맡으셨던 선생님 한 분이 학기가 시작되고 얼마 되지 않아 급하게 휴직을 내셨어요. 갑자기 대체 교사를 구하기 힘드셨던 교감 선생님은 저 대신 오신 기간제 선생님이 그 반을 맡게 하셨습니다.

제 자리가 공석이 된 거지요. 그 당시 저는 영어 교과만 담당하고 있었던 교과 전담 교사였고, 갑자기 휴직을 내신 그분은 한 학급의 담임을 맡고 있었기에 담임 교사 자리를 먼저 채워야겠다고 판단하신 듯했습니다.

다른 선생님들께 이런 사정을 제대로 설명해 주셨더라면 좋았을 텐데 교감 선생님은 그러지 않으셨습니다. 교과 선생님이 구해지지 않아서 그러니 당분간 영어 시간은 담임이 맡아서 하라고만 하셨답니다. 몇 몇 선생님이 계신 자리에서 휴직을 쓰고 들어가신 선생님과 저를 안 좋게 말씀하셨대요. 그러다 제가 혹시 꾀병이 아닌지 모르겠다는 뉘앙스로도 말씀하셨다네요.

일이 번거롭게 되어서 속상한 마음에 뒷담화하셨나보다 했지만, 꾀병이라는 말은 무척이나 상처가 되는 말이었습니다. 제 자리가 공석이 되는 바람에 한동안 해당 학년 담임 선생님들의 주당 수업 시수(한 주 동안 수업을 해야 하는 시간)가 많아졌고, 사정을 자세히 잘 알지 못했던 몇몇 동료들은 저를 욕했습니다. 왜 무책임하게 병가를 낸 거냐며 말을 했대요. 그 뒷담화는 친한 동료를 통해 저에게 전해졌습니다.

매일 어지럼증으로 고생하고 있던 때, 그런 이야기를 전해 들으니 속상해서 눈물이 났습니다. 아프지만 않았다면 욕도 먹지 않았을 것이고 이런 일도 겪지 않았을 텐데 싶어서 아픈 제가 밉고 원망스러웠습니다. 아무에게도 민폐를 끼치지 않으며 제 일을 제대로 완벽하게 처리해야 하는데 아픈 바람에 다 망친 거로 생각한 거지요.

아픈 것이 제 탓도 아닌데, 아픈 저를 그대로 받아들여 주고 토닥여 주어야 했었는데 말입니다. 세상이 팽팽 도는 어지럼증만으로도 감당하기 힘들었던 그때, 저는 저 스스로를 안아 주지 않고 더 괴롭혔습니다. 돌이켜 생각해 보니, 몸은 쉬고 있어도 마음이 쉬질 못해서 어쩌면 병이 더 잘 낫지 않았을 수도 있겠다 싶더라고요.

『마음 가면』의 브레네 브라운은 어둠을 탐색할 용기가 있어야 우리가 가진 빛의 무한한 힘을 발견할 수 있다며, 자신의 취약성을 끌어안고 자신을 당당하게 보이라고 조언합니다. 남들이 어떻게 생각할지를 걱정하면 진짜 모습을 보여 주기 힘들다고 덧붙이면서요. 그러면서 '그렘린'이라는 재미있는 용어를 소개해 주더라고요.

그렘린은 다른 말로 수치심 테이프라고도 하는데요. 우리가 늘 머릿속에 넣어 다니는 자기 회의와 자기 비난의 메시지를 말합니다. 이 자기 회의와 자기 비난의 메시지 대신에 우리의 부족함 즉 수치심을 그대로 드러내는 말을 하는 순간 아이러니하게도 수치심은 수그러진다고 해요. 그런데 이 수치심은 바로 '완벽주의'를 가장 사랑한답니다. 타인에게 사랑받지 못할까 봐, 타인에게 잘 보이고 싶어서 나의 부족함을 숨기려는 노력이 완벽주의와 맞닿아 있기 때문이 아닐까 싶습니다.

저도 그랬었거든요. 제가 완벽해서 완벽주의를 추구하는 것이 아니라, 제가 완벽하지 못했을 때 따라오게 되는 불편한 감정들 때문에 늘 완벽해지려고 노력했습니다. 다른 사람들에게 사랑받기 위해서, 혹은 인정받기 위해서 완벽해지고자 노력했지요. 그런데 '모자람 없이, 잘, 완벽하게'라는 부사는 오히려 역효과를 내더군요. 긴장으로 혹여나 실수를 해버리면 그때부터는 또 자책의 사이클이 돌아갔지요.

그래서 사람들 앞에서 주목받게 되는 경우는 피할 수만 있다면 피해 다녔습니다. 항상 레이더를 피해 조용히 지나다니며 안전함을 느끼던 사람이었지요. "잘하고 싶지만 유명해지고 싶지 않아요."라고 외치던 박지성 선수처럼요.

대학교 전공 수업 중에, 교수님 앞에서 영어 수업을 15분가량 시연하는 마이크로 티칭 시간이 있었어요. 개인 발표라 어쩔 수 없이 사람들 앞에 주목받을 수밖에 없는 상황이었지요. 수업 시연을 위해서 수업자료를 직접 만들어 갔습니다. 아이들의 영어 발화 기회를 많이 주기 위해서 그룹 활동으로 재미있는 보드게임을 하면 좋겠다는 생각에, 게임을 만들어서 게임판과 미션 카드를 만들어 갔습니다. 속으로 '오, 내가 만들었지만 기발한데? 재미있겠다.' 생각하면서요.

그런데 시니컬한 복학생 오빠 한 명이 제 수업을 보더니, 이 수업 한 번을 위해서 미션 카드를 만든 거냐고, 웬 개고생이냐며 한 번 쓰고 버릴 일회성 짙은 수업이라는 겁니다. 얼굴이 빨개졌지요. 부끄럽고 민망했습니다. 수업 재료로 제작한 건 다른 반에서도 다시 활용할 수 있으니 일회성 수업은 아니라고 대답하고 싶었지만, 당황해서 대답하지 못했지요.

피드백이 저를 향한 공격이 아니라 제 수업자료에 관한 이야기였지만 꼭 저를 비난하는 것 같은 느낌이 들었거든요. 제가 제작한 수업자료가 아닌 저의 가치가 평가받는 느낌이었습니다. '기발한 내용인데? 재미있겠다.' 스스로 뿌듯해했던 감정은 비난에 묻혀 홀라당 다 잊어버리고선, 그 오빠 말이 정말 맞는 건가 싶은 겁니다. '왜 완벽하게 준비하지 못했지? 왜 그 생각은 못 했던 거지?' 하며 자책했습니다. 그날 밤 당연히 잠도 잘 못 잤고요.

비난했던 오빠는 본인 생각이 짧았다고 미안하다며 사과했지만, '내가 부족했구나.' 하는 생각은 지워지지가 않았습니다. 다른 사람들에게는 그러지 않으면서 나 자신에게는 높은 기준을 들이댔습니다. 그 기준에 미치지 못하는 것 같으면 나 자신을 몰아세우고, 작은 실수도 계속 떠올리며 자책했지요. '이걸로는 충분하지 않다는 병', '부족 병'에 걸려서 조금만 부족해 보여도 더 노력해야 한다며 저를 몰아세웠어요. 있는 그대로의 저를 사랑해 주지 않았습니다.

지금 생각해 보면, '이걸로는 충분하지 않다는 병', '부족 병'은 타인의 눈에 비친 내가 걱정되었던 것이지 나를 위한 것이 아니었어요. 자기방어를 위한 것이었습니다. 내가 완벽하게 하면 타인의 비난이나 비판을 받게 되는 불편한 상황이 오지 않을 것이고, 내가 부끄럽거나 수치심을 느끼는 상황도 오지 않을 것 같다고 생각했기 때문이지요. 완벽할 때 타인의 인정을 받을 수 있고 좋은 관계를 유지할 수 있을 거로 생각했던 겁니다. 그래서 아팠던 저를 안아 주지 못했고 타인의 비난에 금세 내가 부족하다며 자책했습니다.

요즘 저는 아침마다 "나는 참 괜찮은 사람이야."라고 저 스스로에게 말해 줍니다. 좀 부족하면 어떤가 싶습니다. 이번엔 부족했지만 다음엔 잘할 거라는 자신에 대한 믿음만 있으면 되는 거지요. 설사 다음번에 잘하지 못하더라도 뭐 어떻습니까. 세상에 완벽한 사람은 아무도 없는 걸요. 오히려 불완전하기에 그 빈틈으로 빛이 들어올 수 있습니다.

불완전한 나를 그대로 끌어안고 사랑해 주어야 다른 사람들도 나를 사랑해 줍니다. 나 스스로가 나를 수용해 주고 사랑해 주지 않는데, 타인이 어찌 나를 수용해 주고 사랑해 줄 수 있을까요. 내가 가족을 사랑하고, 내 친구들을 사랑하는 이유는 그들이 완벽하기 때문이 아닙니다. 불완전해도 존재 자체로 소중하며 사랑스럽기 때문입니다. 타인에게 향했던 사랑 그대로 나를 사랑해 주었으면 합니다. 있는 그대로 나를 안아 주세요.

지금 행복해질 너에게

04

'나'라는 주어를 다시 내게로 가져와 봅니다

"교사하면서 박사 공부를 왜 하는 거야? 왜 쓸데없이 사서 고생을 하는 거래? 박사학위가 무슨 필요가 있어? 시간 낭비 아냐?"

한창 공부하느라 정신없는 와중에, 동네 친구들이 보고 싶어 시간을 쪼개어 만나러 간 자리에서 후배 한 명이 물었습니다. 아니 물었다기보다 맘속으로는 이미 본인이 원하는 답을 정하고서 답답한 듯 제게 건넨 말이었어요. "공부하다 보니 재미있더라고. 그래서 박사 공부까지 하게 되었어."라고 자신 있게 대답했더라면 좋았을 텐데, 마음과 다른 말을 하고서는 집에 와서 후회했지요.

'교사하면서 박사학위를 따는 것이 왜 쓸데없는 거지? 공부가 좋아서 계속하게 되었다고 하면 잘난 척한다고 생각하려나?' 그 짧은 순간에 뭐라고 대답할지 별별 생각을 다 떠올려 놓고 고작 밖으로 꺼낸 말이 "그러게. 내가 왜 시작했는지 모르겠네."였습니다. 생각하면 할수록 기가 찼습니다. 내 생각대로 자신 있게 말하면 될 텐데, 다른 사람들이 어떻게 생각할까 고민하다 전혀 엉뚱한 대답을 하고 말았습니다. 제 마음 속에 하고 싶은 말은 따로 있었으면서 말입니다.

저는 항상 무언가를 시작하려고 할 때면, 타인의 시선이나 평가를 늘 의식했습니다. 제 삶에서 나라는 주어(I)를 빠뜨렸어요. 제 생각이 아닌 타인의 생각이나 평가가 먼저였지요. 시작하고 싶은 나름의 이유가 제 안에 있음에도 불구하고, 밖으로 꺼내 놓기가 망설여졌습니다.

제가 좋아서 시작했더라도 누군가가 "그걸 왜 하니? 그게 무슨 의미 가 있어?"라는 말을 건네는 순간, '앗, 이게 아닌가?' 하며 제 본연의 생 각들을 의심하기 시작했습니다. 그러다 보면, 하고자 하던 의욕이 곧장 꺾이곤 했습니다. 제가 하고자 하는 일의 당위성을 저의 내부가 아닌 외부에서 찾으려고만 했지요.

애초에 저는 박사학위로 무엇을 하겠다는 욕심으로 공부를 시작한 것이 아니었어요. 대학원에서 공부하고 연구하다 보니 적성에 맞고 재 미있더라고요. 그래서 공부를 계속하면 좋겠다 싶은 마음에 박사과정 까지 하게 되었습니다. 현장에서 아이들을 가르치는 것도 물론 재미있 고 보람 있는 일이지만, 대학원에서 저 스스로 공부하며 부족한 것을 채워 가는 성취감이 좋았습니다.

지금 내가 하는 일에 크게 벗어나는 것 없이 공부할 수 있는 분야가 무엇일지 생각하다 보니 현장에서 아이들 가르칠 때도 도움이 되는 '영

지금 행복해질 너에게

어 교육'을 전공으로 택했습니다. 교수가 되고 싶다거나, 박사학위로 무언가를 이루어야겠다는 목표로 공부를 시작했던 것이 아니었기에, 후배의 반응에 내심 당황했지요.

저의 선택과 실행의 과정이 이해되지 않는 사람들이 있을 수도 있다는 것을 있는 그대로 받아들였다면 좋았을 텐데요. 그 시절 저는 타인의 평가에 너무 쉽게 마음이 흔들렸습니다.

그런데 조금만 생각해 보면 알지요. 나에게 가장 관심이 많고 나를 가장 잘 알고 있는 사람은 다른 사람이 아닌 바로 나 자신이라는 것을 말입니다. 다른 사람들은 사실 나에게 크게 관심이 없습니다. 내가 나에 대해 끊임없이 고민하고 생각하듯이, 다른 사람들 역시 끊임없이 본인들과 관련된 일에만 관심이 있을 뿐입니다. 그래서 본인이 남들에게 무심코 건넨 말들도 시간이 지나면 기억도 못 하는 경우가 대부분입니다.

저는 무채색 계열 옷이 많습니다. 특히 검은색이나 회색, 어두운 남색 계열 옷이 많은데 때도 잘 타지 않고 어울려서 즐겨 입었지요. 그런데 저를 볼 때마다 왜 어두운 옷만 입느냐고 검은색 옷 좀 그만 입으라고 하시던 연배 높은 동료 분이 계셨습니다. 매번 어두운 옷을 입어서, 성격도 우울하고 어두운 거라며 검정 옷 좀 그만 입으라 하셨지요.

이제껏 세상 밝게 살아온 저에게 검은색 옷을 입어서 우울하고 어두운 거라 하시니 머리가 띵했습니다. 선을 살짝 넘은 무례한 말에 기분이 상해서 옷 색깔과 성격이 무슨 관계가 있냐며 무슨 말씀이냐고 되묻고 싶었지요. 하지만 순간적으로 당황스럽고 민망한 마음에 "아, 그래요?"라는 말밖에 하지 못했습니다. 그날 밤 저는 그 일을 떠올리며 이불 킥을 했습니다. 검은색 옷이 잘 어울려서 검은색이 많았을 뿐이고, 밝은색 옷도 입고 왔었는데 그분은 그저 본인이 보고 싶은 대로 보셨던 것 같아요.

그때부터 고민이 시작되었습니다. 혹시 제가 정말 그렇게 보이는 건 아닐까 싶어서 그다음 날부터 매일 출근복이 신경 쓰이기 시작했습니다. 제가 검은색 옷을 입을 때마다 지적하셨던 그분의 말이 떠올라 좋아하는 검은색 옷들은 옷장에 다 넣어 두고 밝은 옷만 골라 입었습니다.

저의 고민이 무색하게도 그분은 본인이 했던 말을 깜빡 잊으신 듯했습니다. 아니면 저와 당신을 서로 다른 잣대로 판단하셨던 건지도 모르겠네요. 본인이 한 말과는 다르게 다음 날엔 검정 원피스를, 그다음 날엔 또 다른 검은색 상의를 입고 오셨습니다. 일주일을 그렇게 어두운 옷만 입고 오시더군요. "나는 뚱뚱해서 어두운 거 입어야 해." 하시면서요.

허탈했습니다. 행동의 주체자는 제가 되어야 했었는데 또 주어(I)는 빠뜨리고선, 다른 사람의 말을 신경 썼네요. 내가 입고 싶은 옷이면 당당하게 입고 다니면 되지, 뭘 그리 남의 말에 신경을 쓴 건가 싶어 자괴감마저 들었습니다.

무심코 건넸다가 나중엔 기억도 하지 못하는 다른 사람의 말에 저는

지금 행복해질 너에게

왜 위축되며 신경을 썼던 것일까요? 저는 과연 누구를 위해서 다른 사람들의 시선과 평가를 신경 쓰고 있었던 걸까요?

그날 이후로 저는 "옷 색깔 때문에 네 성격이 우울한 거다."라던 그분의 말은 신경 쓰지 않기로 했습니다. 무엇보다 제 성격은 어둡지 않고, 저는 저에게 가장 어울리는 옷을 선택해서 입는 거니까요. 저에게 좋은 것은 제가 가장 잘 알고 있습니다. 그래서 제 마음이 가는 대로 자유롭게 입기로 결심하고 행동에 옮겼습니다.

사람은 누구나 자신만의 '틀'로, 자신만의 '렌즈'로 세상을 봅니다. 각자가 어떤 경험을 했느냐에 따라서도 세상을 바라보는 관점이 달라질 수도 있지요. 자신이 인생에서 가장 가치 있게 생각하는 것이 무엇이냐에 따라 사물과 사람에 대한 평가는 달라집니다.

인생에서 돈이 가장 중요한 사람이 있을 것이고 명예가 가장 중요한 사람이 있을 것입니다. 자신의 필드에서 성공하는 것이 가장 중요한 사람이 있는가 하면, 그 무엇보다 가족과의 화목을 가장 중요하게 생각하는 사람도 있습니다. 무언가를 할 때 먼저 깊이 공부하고 탐구하는 과정이 선행되어야 한다고 생각하는 사람이 있고, 그보다 현장에서 먼저 부딪혀보고 경험을 통해 얻는 것들을 더 중요하게 생각하는 사람도 있을 것입니다.

그런 중요도에 따라 인생을 보는 관점도 사람이나 사물에 대한 평가도 각자 다를 수 있습니다. 각자가 가진 렌즈와 틀로 바라보는 세상에서 객관적인 정답, 객관적인 평가라는 것은 애초에 있을 수 없습니다.

다른 사람의 평가가 나의 예상과 다르다고 해서 내가 하는 일에 대해 의심하거나 나의 가치를 평가 절하하며 내 마음을 접을 이유는 없습니다. 반대로, 내 생각과 다르다고 해서 다른 사람의 생각과 마음이 옳지 않다고 생각하거나 평가할 이유도 없습니다.

나에게 가장 좋은 것은 다른 사람이 아닌 '나' 자신이 가장 잘 알고 있는 법이지요. 남들이 하는 말에 휘둘리지 말고, 나를 인정해 주며 나 자신의 판단을 믿으면 됩니다.

사람들은 타인에게 크게 관심이 없습니다. 각자 자신의 인생을 사느라, 자신이 가진 고민을 해결하느라 바쁠 뿐 아마 오늘 무심코 우리에게 건넨 말도 내일이 되면 기억하지 못할 확률이 높습니다.

그러니 내가 옳다고 생각하는 것, 필요하다고 생각하는 것은 고민하지 말고 그냥 하면 됩니다. 판단의 기준을 남에게 두지 말고, 내게로 가져오세요. 다른 사람이 나를 어떻게 볼지 걱정하지 말고, 그냥 해 보는 겁니다.

05

나의 언어로 말해 봅니다

———

    몇 년 전 같이 근무했던 동 학년 선생님들은 외향적이고, 모이는 것을 좋아했어요. 반대로 저는 내향적이라 모이는 것보다는, 혼자 있는 것을 더 좋아했지요. 학부모 공개 수업 당일 날에도 같이 이야기도 나눌 겸, 잠시 차 한 잔을 마시자고 하셨습니다. 제안하신 선생님의 기분을 생각해서 "네, 좋아요. 괜찮은 것 같아요."라고 제 마음과 다른 말을 할 수도 있었습니다만, 그렇게 말했다면 아마 공개 수업 전 저의 긴장도는 최대치를 찍었을 겁니다.

    많은 학부모님을 모시고 수업하는 자리라 안 그래도 신경이 쓰이던 참이었는데, 차 마시며 이야기하다가 체할 것만 같았어요. 머릿속에 들어 있던 수업 내용들도 다 달아날 것만 같았거든요. 그래서 고민하다 말씀드렸습니다.

    "죄송하지만 저는 오늘 차는 못 마실 것 같아요. 교실에 빨리 가 볼게요. 떨려서 혼자 차분히 마음을 좀 진정시키고 수업할 내용도 다시 한번 보려고요."

　마음의 에너지 방향이 서로 반대 방향에 있다 보니 긴장을 푸는 방법도 달랐던 거지요. 외향적이었던 두 분 선생님은 차를 마시며 서로 이야기를 나누며 긴장을 푸셨고요. 저는 혼자서 마음을 고요히 정리하며 긴장을 풀었습니다. 물론 처음부터 제가 그런 말을 할 수 있었던 것은 아닙니다. 꽤 오랫동안 말하지 못했었거든요.

　두 분의 동 학년 선생님과 수업이 끝나면 자주 모였습니다. 학년 부장 선생님은 수업이 끝나고 아이들이 집으로 돌아가면, 동 학년 선생님들을 연구실로 부르셨어요. 학년에서 전달 사항이 있으면 나누고, 수업 활동에서 좋았던 이야기, 아쉬웠던 이야기도 같이 나누었습니다. 수업 외에 일상의 이야기들을 나누기도 했어요.
　그런 시간이 꼭 나빴던 것만은 아닙니다. 수업 아이디어를 함께 나누고 연구하는 것도 좋았고, 동 학년끼리 정을 쌓는 시간도 물론 필요하니까요. 그런데 모이는 빈도가 잦아지고, 개인적인 이야기로도 자연스럽게 주제가 넘어가서 이야기가 한동안 끝이 나지 않는 경우가 많아지더라고요. 모여 있는 시간이 길어지니 점점 부담스러워지기 시작했지요.

　저는 저 스스로 충전할 수 있는 혼자만의 시간이 확보되어야 다른 사람과도 함께 할 수 있는 에너지가 생기는, 타고난 에너지 용량이 부족

　　　　　　　　　　　지금 행복해질 너에게

하기도 한 내향인입니다. 수업이 끝나고 나면 에너지가 딸려서 혼자서 고요히 정리하는 시간이 필요한 사람이거든요.

교실에 혼자 앉아 조용히 아이들과 보낸 하루를 되돌아보며 오늘 수업이 어땠는지 떠올려 보기도 하고, 다음 수업을 준비하고 업무를 처리하며 혼자 보내는 시간을 더 좋아하는 편이지요. 그래서 자주 모이게 되는 상황이 참 불편해졌습니다.

연구실에 같이 모여 이야기를 듣고 있지만, 머릿속에서는 다른 생각을 하게 되더라고요. 가끔 몸과 정신이 다른 곳에 있는 듯한 유체 이탈의 경험도 한 것 같아요. 그런데 또 다 같이 모여 있는 자리에서 "저는 그만 가 보겠습니다."라고 말하면 분위기가 어색해질 것만 같고, 다른 선생님들이 기분이 혹시나 나쁘게 생각하시면 어쩌나 걱정이 되었습니다. 그래서 말하지 않고 한동안 모든 모임에 참여했습니다.

그러다 보니, 혼자 수업을 준비하고 업무를 처리할 시간이 점점 없어지고 마음이 더 불편해지는 겁니다. 잠깐의 어색함을 참을 것인가, 아니면 계속 불편함을 참을 것인가 고민하다가 말을 꺼냈습니다.

"저는 지금 처리할 일이 있어서, 이만 가 보겠습니다."라고요. "내향적이고 내성적이라 혼자 정리할 시간이 필요하다."라고 "제가 일 처리가 늦어서 시간이 오래 걸려 시간이 좀 많이 필요하다."며 평소에도 기회가 있으면 슬쩍슬쩍 말씀드렸지요.

그랬더니, 동 학년 선생님들도 이해해 주시더라고요. 각자 스타일에 맞게, 일이 있으면 편하게 가도 된다고 하셨습니다. 각자의 성향이 다르고 업무 스타일도 다르다 보니, 조금씩 서로 맞춰 가는 작업이 필요하다는 걸 서로 경험하게 되었습니다.

상대방의 기분이 나쁘거나 혹은 분위기가 어색해질지 걱정하며 '타인에게 맞춘 언어'로 표현하다가는 내내 더 불편한 상황이 이어졌을지도 모릅니다. 솔직한 내 마음은 숨기고 "그렇게 해요. 좋은 것 같아요."라고 말했다가는 결국엔 상대방도 나도 모두 다 속상한 상황이 생길 수가 있습니다.

제 입장에서는 솔직한 마음을 숨기고 마음과 반대되는 행동을 계속해야 하니 불편한 상황이 지속되게 됩니다. 그러면 제 맘속에는 불편한 감정이 계속 쌓이게 되겠지요? 상대방 입장에서도 한 번 생각해 봅니다. 상대방은 제가 불편하다는 표현을 하지 않았으니 제 솔직한 마음을 알 수가 없었을 겁니다. "그렇게 해요. 좋아요."라고 한 제 말을 액면 그대로 믿었을 겁니다. 그러는 바람에, 상대방은 본의 아니게 저의 마음은 고려하지 않고 저를 불편하게 만든 사람이 되어 버릴 수도 있습니다. 이것이 바로 타인에게 맞춘 언어가 아니라 나의 솔직한 마음에 맞춘 언어. 나의 언어로 말해야 하는 이유입니다.

사랑하고 소중한 관계일수록, 관계가 오래 지속되길 바랄수록 자신의 마음을 있는 그대로, 자신의 언어로 표현하는 것이 결국엔 서로를

지금 행복해질 너에게

위하는 길입니다. 내가 불편하더라도 상대방이 들었을 때 기분이 상하지 않을 것 같은 '타인의 언어'로 말하는 것이 아니라, 내 마음을 솔직히 담은 '나의 언어'로 말을 해 보는 건 어떨까요?

시작이 어렵지, 조금만 용기를 내어 보면 됩니다. 내 언어로 내 마음을 표현하는 것이 처음엔 조금 어렵고 꺼려지더라도, 일단 해 보면 괜찮거든요.

06

말하지 않는다고 괜찮은 건 아니야

—

15년쯤 전 이야기입니다. 저희 반에 똘똘하고 야무진 다혜라는 아이가 있었습니다. 친구들에게나 저에게도 크게 자신의 감정을 표현하지 않고, 묵묵히 자기 할 일을 잘하던 조용한 아이였습니다.

수업이 끝나고 아이들이 모두 집으로 돌아갔을 때, 교실로 한 어머니가 조심스럽게 찾아오셨어요. 다혜 엄마셨습니다. 아이 아빠와 이혼을 한 상태이고 아빠가 아이를 키우고 있대요. 아이가 보고 싶은데, 아이에게 연락할 방법이 없어서 아이 아빠 몰래 학교로 찾아오셨답니다. 아이가 한 번도 내색한 적도 없었고 아이 아버지께도 따로 들은 내용이 없어서 당황스러웠지요.

주 양육자는 아버지신 것 같은데, 아이의 아버지나 아이의 의사도 물어보지 않고 아이의 연락처를 알려 줄 수는 없는 노릇이라 난감했어요. 안타깝지만, 아이의 의사를 물어보지 않고 연락처를 알려 줄 수는 없다고 말씀드렸습니다. 그랬더니, 엄마를 만나고 싶은지 물어봐달래요. 다음 날에도 찾아오겠다고 하시면서 서둘러 돌아가셨습니다. 아이가 괜찮다고 하면 기다렸다가 보고 가고 싶다면서요.

아이에게 어떻게 물어보면 좋을까 고민이 되었습니다. 아이들 시선을 많이 의식하던, 자존심 센 사춘기 여자아이 다혜는 자신에게 그런 사연이 있는 걸 저에게 들키고 싶지 않아 하는 것 같았거든요. 아이의 아버지도 그러셨나 보더라고요. 그래서 기초 조사서에도 엄마, 아빠 성함을 그대로 적어 넣었던 걸 테고요. 비고란에도 따로 기록되어 있었던 내용도 없었고, 따로 연락도 없으셔서 그런 사연이 있는 줄 몰랐습니다. 아빠에게 연락 달라고 적혀 있던 메모를 보고 아마도 두 분 다 맞벌이 부부셔서, 아빠가 전화 받기 조금 더 수월하신가 보다 했습니다.

주변 아이들에게 들키지 않고 어떻게 하면 엄마가 보고 싶다고 하셨다는 말을 전해 줄 수 있을까를 고민했지요. 연구실에 살짝 불러 이야기하면 아이들은 또 무슨 일이냐고 궁금해할 테고. 그러면 또 다혜는 신경이 쓰이겠지 싶었습니다.

그래서 하얀 종이에 "다혜야. 엄마가 다혜를 보고 싶다고 하시네. 혹시 다혜가 엄마 만나고 싶다고 하면, 한번 보고 싶다는데 엄마 한 번 만나 보겠니?"라고 적어서 아무렇지 않은 듯 아이에게 슬쩍 전해 주었습니다. 제가 평소와 다름없이 아무렇지 않게 행동하면 다혜도 많이 놀라지 않을 것 같았어요. 다혜는 쉬는 시간에 반 친구들이 눈치 채지 못하게 "아니요."라고 적힌 종이를 슬쩍 저에게 전해 주더라고요. 그리고 아이들에게 들키지 않으려 아무렇지 않은 척 아이들이 있는 곳으로 뛰어가더군요.

아이들이 모두 하교한 뒤, 다혜 어머니가 다시 찾아왔습니다. 어린 남동생을 업고 오셨던 걸로 기억이 납니다. 아이가 준 쪽지를 보여드렸더니, 이해한다는 표정으로 우시더라고요. 아이의 쪽지를 꼭 손에 쥐시고 어머님은 "감사합니다. 선생님. 안녕히 계세요." 하시며 가셨습니다. 마음이 참 좋지 않았습니다. 사연은 모르지만, 아이의 반응에 어머니는 복잡한 감정이 들었을 것 같았거든요. 다음 날도 그다음 날도 다혜는 제가 어떻게 알았는지 엄마가 왜 다녀가셨는지 묻지 않더군요. 다혜 아버님과 통화를 했습니다.

"에고, 그런 일이 있었군요. 아이가 아무 말을 하지 않아서 별일 없이 학교에서 잘 지내고 있는 줄 알았습니다. 자존심이 센 아이라 내색을 잘 하지 않아요. 직장 다니느라 바빠서 신경을 못 쓰다 보니, 제가 더 몰랐네요. 어른들 잘못으로 다혜가 마음을 많이 다쳤었습니다."

아이들에게는 자기 마음을 표현하는 것이 어른보다 더 어려웠을 테지요. 아마 아이의 속상한 감정들은 표현하지 않아도 마음속에 차곡차곡 쌓여 갔을 겁니다. 지난번과 마찬가지로 저는 아이에게 슬쩍 쪽지를 건넸습니다. 아이에게 힘이 되어 주고 싶었거든요. 저를 도와줄 일이 있는 것처럼 수업이 끝나고 남기로 했지요.

지금 행복해질 너에게

"엄마가 지난번에 찾아오셔서 다혜에게 미안하다 하셨어. 미안한데 딸이 보고 싶어서 찾아왔다고 하시더라."

다혜는 제 말을 듣고 말없이 엉엉 울더라고요. 말하지 않아도, 아이가 상처받고 속상했던 마음들이 다 전해져 오는 것 같았습니다. 털어 놓으면 좋았을 텐데 표현하기가 어려웠을 테지요. 어른스러운 척 행동해도 아이는 아이입니다. 그 작은 마음 안에 자기만 놔두고 동생과 함께 떠난 엄마에 대한 원망도, 보고 싶은 마음도, 그러면서 아빠 몰래 엄마를 보기가 망설여지는 미안한 마음도 있었을 테지요. 그 많은 마음을 다 꾹꾹 담아 놓고 있었겠지요.

제가 해 줄 수 있는 건 그저 다혜가 울음이 멈추기를 기다렸다가 가만히 안아 주는 것이었습니다. 다혜가 엄마, 아빠, 그리고 담임 교사인 저에게 표현하지 않았던 것이 본인의 마음이 괜찮아서가 아니라는 것을 알고 있었거든요. 가족들의 마음을 불편하게 하고 싶지 않아서, 내 마음을 표현한다는 것이 익숙지 않아서 마음을 표현하기 꺼렸던 어린 시절의 제가 겹쳐 보이는 것만 같았습니다. 저도 표현을 안 했을 뿐이지, 괜찮았던 건 아니었거든요.

몇 년 전 일이었어요. 직장 상사 한 분이 계속해서 제 마음이 불편한 이야기들을 하시는 겁니다. 처음에는 따뜻한 마음으로 후배를 챙겨 주시는 좋은 상사인가 보다 했습니다. 그런데 시간이 갈수록 점점 과해지기 시작하더군요. 어떤 날은 첫사랑을 닮았다고 했다가, 또 어떤 날은 저 때문에 너무 괴로워서 약까지 먹는다고 말했습니다. 부담스러우니 그러지 말라 말씀드렸습니다.

당연히 마음이 불편하고 부담스러웠지요. 정색하고 계속하지 말아 달라 말했다가는 저에게 피해가 올까 봐 겁이 나기도 했고, 일일이 반응하지 않고 참다 보면 직장 상사의 부담스러운 행동들도 언젠가 잦아들 것으로 생각했습니다. 그렇게 시간을 보내다 보면 직장 상사도 제풀에 꺾여 저러다 말 거라고 생각했습니다.

마음을 터놓고 친하게 지내던 동료 한 분에게 그 일을 털어놓았습니다. 알고 보니 저만큼은 아니었지만, 비슷한 일을 겪었다며 위로해 주더군요. 학기가 다 끝나갈 때쯤, 올 한 해 그래도 잘 버텼다고 생각했을 때쯤 일은 터졌습니다. 친하게 지내던 동료가 다른 동료에게 직장 상사 이야기를 "비밀인데~" 하며 말해 버리는 바람에 걷잡을 수 없이 일이 커졌습니다. "비밀인데~"로 시작되는 이야기들은 언젠가는 다 퍼져 버려 더 이상 비밀이 아니게 된다는 것을 그때는 몰랐습니다.

그 일로 인해 저는 잠시 병가를 내게 되었습니다. 직장 상사와 저를 분리해 주려는 다른 직장 상사분의 조치였지요. 이번에는 그런 사정을 몰랐던 동료의 오해를 샀습니다. 수업 진도를 다 끝내고 들어갔음에도 "진도 다 끝내고 들어가신 거 맞냐."는 메시지를 시작으로, 무책임하게 병가를 내고 들어간 사람이라며 따가운 시선을 받아야 했습니다. 좋은

지금 행복해질 너에게

직장 상사가 저 때문에 그만두었다는 말도 안 되는 소문도 냈습니다.

그저 참았습니다. '말하지 않아도 언젠가는 사실을 알게 되겠지. 내가 참으면 소란 없이 잘 지나가겠지.' 하며 아픈 마음을 달랬습니다. 병가 후 다시 학교에 돌아가서도 속으로는 마음이 한없이 무너져 매일 울고 있었지만 말하지 않았습니다. 밖으로 꺼내 놓지 않으면 괜찮아질 거로 생각했거든요.

그런데 말하지 않는다고 괜찮아지지 않았습니다. 맘속으로 '나는 괜찮다. 괜찮다. 나는 괜찮아진다.' 아무리 되뇌어도 괜찮아지지가 않더군요. 감정이 곪아 썩고 있었는데 괜찮을 리가 없었지요. 일이 커질까 두렵고 주목받게 되는 것이 두려워 그저 표현하지 않고 참았더니 마음이 곪았습니다.

'사실과 다른 소문이 돌아도 그저 내가 표현하지 않고 참으면 아무 일이 일어나지 않을 거야. 언젠가는 진실이 다 밝혀질 거야.' 하며 마음을 묻었다고 생각했는데, 속상하고 억울한 감정들이 제 안에 겹겹이 쌓여 있었습니다.

내 마음을 표현하지 않으면 힘든 마음이 사라지지 않는다는 것을 저는 제 마음을 깊이 들여다본 후에서야 비로소 알게 되었습니다. 내 마음을 알아주는 이 아무도 없고, 내 주변에는 정말 아무도 없다며 생각한 그때, 말없이 가만히 옆에서 지켜봐 주었던 남편 덕분에 알게 되었지요. 어린 시절의 나처럼, 커서도 표현하지 못했던 나처럼 마음으로 울고 있는 아이들이 보일 때마다 가만히 안아 줍니다. 표현하지 못할 때 그저 안아 주는 것만으로도, 그저 곁에 있어 주는 것만으로도 힘이 되거든요.

07

숨기지 마, 이젠 마음 가면을 벗어도 돼

코로나가 한창 기승을 부리던 때 아이들은 교실에서 늘 마스크를 착용하고 있었습니다. 마스크가 아이들의 마음도 감추고 있었던 것이었을까요? 마스크 뒤로 자신의 표정도 마음도 꽁꽁 감추고 있던 한 아이, 연우가 문득 떠오릅니다. 연우는 반 친구들과의 소통이 늘 어려워 보였어요. 작은 몸집에 비해 동작이 크고 공격적이었던 연우는 친구들 사이로 지나갈 때마다 옆에 있는 친구들을 툭툭 치고 다녔습니다.

친구들과의 작은 말다툼에도 말보다 손이 먼저 나갔습니다. 미안하다며 친구들과 화해하고 싶다고 말하면 될 텐데, 화해하고 싶은 자신의 마음을 숨기고선 더 센 척을 하며 친구들을 괴롭혔어요. 마스크 중앙에 구멍을 뚫어서 연필을 꽂고, 하지 말라며 무서워하던 짝꿍을 찌르려고 하기도 했습니다. 한 번은 마스크를 낀 입 안으로 종이를 씹어 먹고 있었습니다. 위험하다며 그러지 말라고 했더니, 괜찮다고 맛있다며 오히려 입 안에 종이를 더 집어넣으려고 하더라고요.

친구들과의 관계는 당연히 나빠질 수밖에 없었겠지요. 속으로는 친구들을 좋아하고 친구들과 같이 놀고 싶으면서도 자꾸만 강한 척, 센 척을 하니 친구들이 피할 수밖에 없었습니다. 아이는 그럴 때마다 억울한 듯 씩씩대며 울었습니다. 마음속에 작고 여린 아이가 살고 있는 것 같은데, 자꾸만 강해 보이려 하고 마음을 숨기려 하니 답답하고 안타까웠습니다. 하루는 아이가 말했습니다.

"우리 엄마 아빠는 매일매일 싸워요. 소리를 지르며 싸워요. 아빠가 어항을 던졌어요. 그리고 엄마가 집을 나갔어요. 저는 밤새도록 혼자서 넷플릭스를 보고 있었어요."

"혼자 있었다고? 혼자 안 무서웠어?"

"네, 하나도 안 무서웠어요. 엄마가 올 때까지 나 혼자 있었던 적 많아요."

평소보다 유난히 더 높은 톤으로 아무렇지 않은 듯 말하던 연우의 목소리가 지금도 귓가에 생생하게 들리는 듯합니다. 아이는 분명 무섭고 외로웠을 겁니다. 아직 아홉 살밖에 되지 않은 어린아이가 혼자 있는 것이 무섭고 외롭지 않을 리가 없거든요.
대화하지 않고 매일 싸우는 엄마 아빠를 보며 무서워도, 엄마가 집을

지금 행복해질 너에게

나가서 마음이 불안해도 아무렇지 않은 척하며 마음을 숨겼을 거예요. 마음을 숨기고 괜찮은 척, 센 척을 하면 자신이 다치지 않을 거로 생각하며 마음 가면 속에 더 깊이 숨어 있을 연우가 그저 안타깝기만 했습니다.

눈물이 많고 상처가 많았던 아이. 가면 속에 있던 여린 아이의 모습을 그대로 보여 주었더라면 친구들과의 사이가 더 좋아졌을지도 모르는데, 아이는 그저 센 척하며 가면 속에 숨어 있기만 했습니다. 가면 뒤에 감추고 있었던 불안과 외로움을 엄마 아빠에게 그대로 보여 줬다면 좋았을 텐데 연우는 그저 숨겼나 봅니다.

연우가 서툴게 감춘 가면 속 본 얼굴이 교사인 저의 눈에는 투명하게 그대로 보였는데도 연우는 보이지 않을 거로 생각했나 봅니다. 혹시나 가면을 벗어 버리면 더 상처 입게 될까 봐 두려워 연우는 자신과 전혀 어울리지 않는 '센 척하는 가면'을 쓰고 있었습니다.

학창 시절 저는 연달아 반장을 맡았습니다. 처음에는 친구들과 선생님이 추천해 주어서 반장을 맡았고요. 그다음에는 추천해 준 친구들에게 왠지 미안한 마음이 들어서, 하고 싶지 않다고 말하지 못했지요. 사람들 앞에서 나서는 것과 말하기를 싫어하는 본성을 숨기고 그저 외향적인 척을 했습니다.

반이 소란스러울 때마다 "좀 조용히 하자."라며 아이들에게 불편한 말을 해야 하는 상황도, 과목 선생님이 오실 때마다 인사 구령을 붙여야 하는 상황도 그렇게 싫었으면서 괜찮은 척 가면을 쓰고 있었습니다.

한번은 반 친구들 앞에 나와 체육 선생님이 큰 소리로 책을 읽게 시키셨어요. 가슴이 두근두근 쿵쾅대며 맘속에서 난리가 나 본문이 제대로 보이지 않는 겁니다. 읽다가 버벅대며 실수해서 너무 부끄럽고 숨고 싶었지만, 아무렇지 않은 척 "에잇, 왜 이렇게 틀리는 거야." 장난 섞인 목소리로 말을 했지요. 그랬더니 선생님과 친구들이 즐거워하며 깔깔 웃었습니다. 그렇게 저는 강한 척, 외향적인 척하며 제 본 모습을 숨겼습니다.

생각해 보니, 저는 어릴 때부터 제 마음을 감추고 숨겼습니다. 여리고 사랑이 고팠던 마음을 숨기고 괜찮은 척 가면을 썼지요. 할머니, 고모, 삼촌, 저 그리고 동생 둘까지 보살펴야 했던 부모님을 신경 쓰이게 하지 않고 사랑받는 법은 '괜찮은 척 동생들에게 양보하며 알아서 잘하는 가면'을 쓰고 생활하는 거라 생각했습니다.

어릴 적 밤이 되면 저는 할머니 방으로, 동생들은 엄마 아빠 방으로 잠을 자러 갔습니다. 동생들처럼 엄마 아빠랑 그렇게 같이 자고 싶었으면서도 '아무렇지 않은 척하는 가면'을 쓰고서는 표현하지 않았어요.

운동회 때 동생들은 다 엄마가 와 주셨는데, 저는 할머니가 오셔서 '왜 나는 엄마가 와 주시지 않을까?' 하며 어린 마음에 정말 속상했습니다. 그러나 괜찮은 척 표현하지 않았지요. 열이 펄펄 끓고 아파서 엄마가 옆에 있었으면 했지만, '괜찮은 척하는 가면'을 쓰고는 표현하지 않

지금 행복해질 너에게

았습니다.

고등학교 기숙사 생활을 하는 동안에도 단체 생활이 잘 맞지 않아 그렇게 집에 가고 싶었으면서도, 괜찮은 척 말씀드리지 않았습니다. 괜찮은 척, 센 척하는 가면을 오래 쓰고 있다 보니, 나중에는 가면이 제 얼굴에 딱 달라붙어 버렸습니다. 그래서 가면이 아니라 진짜 제 얼굴이 되어 버린 것만 같은 기분이 들었습니다.

'괜찮은 척, 아무렇지 않은 척하는 가면'을 쓰고 솔직하게 나를 드러내지 않다가 결국엔 병이 났습니다. 솔직한 마음을 있는 그대로 보여주어도 될 텐데, 혹시나 나를 싫어하면 어쩌지 하는 생각에 다른 사람의 반응을 미리 예단하고 신경 쓰느라 힘들면서 힘들지 않은 척 마음을 감추며 숨기다가 병이 났습니다. 괜찮지도, 아무렇지 않은 것도 아니면서 여린 마음을 숨기고 있다가 마음을 심하게 다쳤습니다.

숨긴다고 해서 마음은 감추어지는 것도, 나아지는 것도, 강해지는 것도 아니더라고요. 가면을 벗고 저의 마음을 솔직하게 드러내는 것이 저와 상대방 그리고 건강하고도 진실된 관계를 위해서도 좋다는 것을 다 자라고 나서야 깨닫게 되었습니다.

센 척하던 우리 반 아이. 연우를 보니 그 시절의 제가 떠올랐어요. 센 척, 괜찮은 척, 아무렇지 않은 척 가면을 쓰는 것이 좋은 것이 아니라는 걸 알게 해 주고 싶었습니다. 하지만 연우는 자꾸만 가면 뒤로 숨으려고만 했습니다. 마음을 드러내는 것이 결코 약해 보이는 것이 아니라고, 마음을 드러내면 친구들과도 가족들과도 더 가깝게 지낼 수 있다고 말해 주고 싶었습니다.

그래서 연우 어머니와도 상담하고, 연우와도 여러 번 이야기를 나누었습니다. 연우 어머니에게 가면 뒤에 숨어 있는 연우의 마음을 읽어 주고, 센 척하는 모습 뒤에 감춰져 있는 여리고 상처 많은 모습을 바라봐주라 말씀드렸지요.

당연히, 연우는 하루아침에 바로 바뀌진 않았습니다. 여전히 '센 척하는 가면' 뒤로 숨으려고 했지만 그 빈도가 줄기 시작했습니다. 적어도 아이들을 먼저 툭툭 치며 때리지는 않더라고요. 센 척하는 말이나 행동 대신에 "미안해.", "나랑 놀지 않을래?"와 같은 말로 아이들에게 조금씩 부드럽게 다가가려 노력했습니다. 엄마에게도 옆에 있어 달라며 솔직하게 마음을 표현하기 시작했습니다. 그것만으로도 얼마나 괜찮은 시작인가 싶습니다.

저도 가면을 벗었습니다. 어릴 적부터 괜찮은 척, 외향적인 척, 부끄럽지 않은 척하던 가면을 쓰고 있어서 막상 가면을 벗으려고 하니 어디서부터가 가면의 시작인지 알 수가 없어서 애를 먹었지요. 그래도 저는 결국 가면을 벗었습니다.

약해 보일까 봐, 부족해 보일까 봐, 본 모습을 알고 나면 주위 사람들이 싫어할까 봐 두려워하며 가면을 벗지 못하고 있는 동안 가면은 점점

지금 행복해질 너에게

두꺼워진다는 것을 알게 되었거든요. 본인의 모습을 그대로 보여 준다고 해서 싫어할 사람들은 없다는 것도 깨닫게 되었습니다. 가면을 벗은 모습에 실망하고 돌아선다면 그 사람은 애초에 나오는 인연이 아닌 사람들인 거지요.

가면을 벗고 약한 모습을 그대로 드러낸다고 해도 '내 사람들'이라면 나를 비난하거나 싫어하지 않을 겁니다. 그저 있는 그대로 인정해 주고 사랑해 줄 테지요. 소중한 사람 중 누군가가 자신의 부족함을 그대로 드러내 보인다고 해서 우리가 그 사람을 비난하거나 얕잡아 보지 않는 것처럼 말입니다. 오히려 더 사랑스러운 눈빛으로 바라봐주고 부족함을 함께 채워 주고 싶어 하지 않을까요? 우리가 상대방에게 그러하듯이 말입니다.

그러니 부족하고 약해 보일까 봐 드러내기 싫어하는 내 마음에게 말해 보는 겁니다.

"나는 있는 그대로 충분히 괜찮은 사람이야. 가면을 벗고 있는 그대로의 나를 드러내도 돼."라고요.

3장

어떻게 살아가야 할지
막막한 너에게

01

삶의 우선순위는 바로 나 자신

—

비행기를 타면 이륙 전 승무원 한 분이 나와서 기내 비상시 승객들이 지켜야 할 안전 수칙을 설명해 줍니다. 그중에서 '위급 시 산소마스크 착용'과 관련한 부분이 인상 깊습니다.

"본인이 먼저 산소마스크를 착용한 뒤, 아이나 노약자 등 다른 사람들을 도와주세요."

나를 먼저 챙기지 않으면 다른 사람도 도와줄 수 없다는 단순한 진리를 산소마스크 안내 멘트에서 다시 한번 깨닫게 됩니다.

아이가 갓난아이였을 때가 떠올랐어요. 아이는 순한데, 잠투정이 심했습니다. 밤낮이 바뀌었는지 낮에는 낮잠을 2~3시간도 자면서 밤에는 자지를 않더라고요. 50분마다 아이가 깨는데 저도 잠을 잘 수가 없었지요. 아이를 돌보려면 제가 체력이 좋아야 하는데 아이에게 온 신경을 쏟느라 저를 뒷전에 두었더니, 힘들었습니다.

체력이 바닥나기 시작했습니다. 흰머리도 나고 우울해졌습니다. 아이가 너무 귀여웠지만, 도대체가 잠을 자지 않으니 밤이 오는 게 무서웠지요. 아이는 오로지 저에게만 의지하고 있는데 체력은 점점 떨어졌고요. 독박 육아라 누군가에게 부탁할 수도 없어서 어떻게 해야 할지를 모르겠더라고요. 잠을 못 자는 날들이 계속되자 저를 위해서 남편이 밤에 번갈아 아이를 함께 봐주었습니다. 비록 남편의 수면시간이 단축되긴 했지만, 제가 살 것 같았지요. 제가 먼저 건강해야 아이도 건강하게 돌볼 수 있다는 걸 느끼게 되었습니다.

'착한 사람 증후군(Good boy syndrome)'이라는 말을 혹시 들어 보셨을까요? 착한 사람 콤플렉스 또는 착한 아이 증후군에 걸린 사람들은 타인에게 좋게만 보이고 싶어 합니다. 그래서 자신의 감정을 솔직하게 표현하지 못하고 타인을 위해 지나치게 노력하지요.

다른 사람에의 욕구나 감정에 집중하여 나 중심이 아닌 타인 중심으로 생활하다 보니, 본인도 모르게 내 마음을 표현하기를 주저하게 되고요. 내 욕구를 따라가는 것은 나쁜 행동이 아닐까 하고 의식적으로 나의 욕구를 누르게 됩니다. 모든 사람에게 '좋은 사람'으로 보이고 싶다 보니, 정작 스스로에게는 '좋은 사람'이 되어 주지 못하는 것이지요. 어떻게 그렇게 잘 아냐고요? 바로 제가 그런 사람이었거든요.

지금 행복해질 너에게

한 온라인 사이트에서 다음과 같은 '착한 사람 증후군 테스트'를 본적이 있습니다. 여러분은 다음의 항목 중 얼마나 해당하시나요?

착한 사람 증후군 테스트

1. 의사결정을 할 때 주로 다른 사람의 의견에 따른다.
2. 부탁을 제대로 못 들어주면 미안한 마음이 든다.
3. 모든 사람을 믿을 만하다고 여긴다.
4. 나쁜 기분을 겉으로 드러내지 않는다.
5. 쉽게 상처 받는다.
6. 상대방이 화를 내면 대처를 못한다.
7. 눈치를 많이 본다.
8. 할 말을 못해서 답답하다.
9. 항상 손해 보는 느낌이 든다.

"어. 내 이야기인데." 하신 분 혹시 안 계시나요? 5개 이상이면 착한 사람 증후군 의심이라고 하는데 저는 7개가 나왔습니다. 비교적 많이 해당하더라고요. 저는 제 마음의 중심축을 저에게 두는 것이 아니라, 타인에게 두고 있다 보니 다른 사람들이 싫어하는 행동은 되도록 하지 않으려고 했습니다. 저보다 타인의 마음이 먼저였지요.

다른 사람의 부탁을 거절하기가 힘들었습니다. 혹시 어렵게 거절하게 되더라도, 마음이 찝찝하고 계속 신경이 쓰여서 후회하고 죄책감도 들었지요. 뒤따라오는 그런 감정들이 불편하다 보니, 차라리 내가 불편하고 말지 싶어서 거절을 못 했습니다.

예의 바르고 착한 사람으로 보이려고 타인의 시선이나 말에 늘 레이더를 켜고 신경을 쓰다 보니, 늘 하루하루가 긴장 상태였습니다. 다른 사람의 욕구에는 민감했지만 정작 저의 욕구는 잘 몰랐고, 혹여나 올라오더라도 누르기에 바빴지요. 저의 욕구나 감정을 우선순위로 두면 이기적으로 보일 것만 같고, 그렇게 하면 안 된다고 생각했습니다.

그렇게 수십 년을 살다 보니 어느 순간 지치더라고요. 나를 우선순위에 둔 것이 아니라 타인의 가치에, 타인의 시선과 말에 쉽게 흔들리다 보니 삶이 너무나도 고달팠습니다. 가끔 '지금 내가 뭘 하는 거지?' 싶더라고요. 애써 무시했던 저의 욕구들과 감정들은 흩어져 사라진 것이 아니라 겹겹이 제 안에 차곡차곡 쌓여 있었고요. 이제는 담을 수 있는 용량이 초과해 버렸는지, 빵 하고 터져 버릴 것만 같았어요.

허탈하더라고요. 무엇 때문에 그렇게 억누르고 참아 왔을까 싶었습니다. 다른 사람에게 좋은 사람이 되고자 했지만, 정작 저 자신에게는 좋은 사람이 아니었지요. 돌보지 않았던 제 자신이 조금씩 보이기 시작했습니다. 나의 가치를 다른 사람의 판단에 맡긴 채 왜 내 가치를 중요하게 생각하지 않았을까. 어느 순간 나는 왜 나를 보지 않고 계속해서 타인만 보려 했을까. 후회가 되었습니다.

　　　　　　　　　　　　　　　　지금 행복해질 너에게

교직원 공제회에서 교사들을 대상으로 제공해 주는 무료 심리 상담 프로그램에 참여한 적이 있습니다. 자꾸만 관계 속에서 지치게 되고 힘이 들어 전문가의 상담을 받아보고 싶었습니다. 위로가 필요하기도 했어요. 저는 자꾸 뒷전으로 한 채, 제 이야기를 못 하고 속에서 감추고만 있으니 힘이 들었거든요. 상담사분께서 계속해서 저에게 질문하셨는데 그중에서 기억이 남는 말씀이 있어요.

"아마도 그때 그분은 그런 마음이 아니셨을까 싶네요."라며 말을 이어가려는데, 상담사분께서 저에게 물으셨어요.

"선생님은요?"
"선생님은 어떻게 생각하세요?"
"선생님은 어떤 결정은 하고 싶으셨나요? 다른 사람 말고, 선생님의 생각과 감정에 집중해 보세요."

자꾸만 제 이야기를 하기 꺼리고, 무의식적으로 타인 중심의 서술을 하는 저의 관심을 저 자신에게 돌려놓게끔 질문을 해 주시더라고요. 저에게 집중해서 제 마음과 생각을 이야기한다는 게 저는 그렇게 어색할 수가 없는 겁니다. 망설여지더라고요. 그런 저에게 제 생각과 행동의 주체는 '타인'이 아닌 '나'라는 것을 자각할 수 있도록 도와주고 싶으셨던 거지요. 마음속에 저라는 중심이 잘 잡혀 있지 않아서 흔들리고 있었고, 그래서 상담센터를 찾아왔다는 것을 눈치채셨나 봅니다.

그 당시에 나는 어떤 마음이었고, 내가 어떻게 생각하는지 '나'의 생각, 감정, 태도가 가장 중요한 것인데, 저는 자꾸만 타인을 중심에 두고 저를 주변으로 밀쳐 놓았지요. 비행기 산소마스크 착용 안내에서도 볼 수 있듯이, 우리 삶에서 우선순위는 바로 나 자신이 되어야 합니다. 가치 기준이 내부가 아닌 외부에 있으면 그 가치는 관계에 흔들리게 되어 금방 사라질 수도, 시시때때로 변할 수도 있습니다. 내 삶에서는 내가 가장 우선시되어야 하지요. 나만 생각하는 비대해진 자아도 위험하지만, 타인만 생각하는 소멸 직전인 자아도 곤란하니까요.

생각해 보니 그랬어요. 저는 제가 주어가 된 말을 하기를 꺼리는 경향이 있었습니다. "제가 생각하기에는~", "저는~" 이라고 자신 있게 말하지 못했지요. "~인 것 같아요."라며 종결어미를 흐리는 경우도 많았습니다. 제 생각과 의견을 우선시하는 것은 뭔가 잘못하는 것만 같은 기분이 든 적이 많았거든요. 타인들과의 '관계' 맺음을 통해 생긴 저의 '역할'을 우선시해야지, 제 '욕망'을 우선시하는 것은 이기적으로 보일 것 같고, 그러면 안 될 것 같은 겁니다.

그런데 나를 소중히 하고, 나 자신을 삶의 우선순위로 두는 것은 이기적인 것도 잘못한 것도 아닙니다. 가정과 직장에서 누군가를 기꺼이 도와주고 챙겨 줄 수 있는 마음은 나를 먼저 챙기고 소중히 여길 때 진심으로 우러나올 수 있습니다. 내가 후순위로 간 관계는 결국엔 지칠 뿐이지요.

지금 행복해질 너에게

요즘 제가 바뀐 점이 있다면, 판단 기준이 '나'로 돌아왔다는 것입니다. 어떤 일을 할 때 '다른 사람이 어떻게 생각할까'가 아닌 '나는 어떻게 생각하는지, 내 마음이 편한지, 내 마음이 어떻게 움직이는지' 나를 먼저 생각하게 되었습니다. 내 생각, 내 감정, 내 욕구. '나'에게 우선순위를 두게 되었습니다. 나를 먼저 챙겨야 합니다. 내가 바로 설 수 있어야, 비로소 나를 둘러싼 모든 것들이 의미가 있는 것이니까요.

마음의 심지를 만드는 말, NO

—

"싫어요. 나는 그거 하기 싫어요. 저것 주세요."
"엄마. 나는 그거 싫단 말이에요. 저는 그거 하기 싫어요."

아이들이 자라면서, "싫어요."를 강하게 외치는 순간이 두 번 찾아옵니다. 첫 번째는 자아가 차츰 생기기 시작해서 미운 세 살이라고 불리는 시기의 "싫어요."이고요. 두 번째 시기는 질풍노도의 시기. 혹시 이 아이가 반대를 위한 반대를 하는 건 아닐까 싶을 정도로 말만 하면 싫다고 해서 골치가 아픈, 사춘기의 "싫어요."입니다.

어른들의 마음을 쓰라리게 하는 "싫어."라는 말을 하는 이 시기가 사실은 아이들에게 마음의 심지가 만들어지는 중요한 시기입니다. 반항이 있어야 주관이 만들어지고 자율성이 자라기 때문이지요.

싫다는 말은 외부 세계와 나 사이에 차이가 있고, 다르다는 것을 표현하는 것입니다. "싫어요."라는 말을 하는 시기가 바로 나다움을 일구어 나가는 시점인 거지요. 그래서 미운 세 살의 시기와 사춘기의 시기

지금 행복해질 너에게

는 자아 발달에 중요한 시기입니다. 비록 엄마 아빠 마음은 미어터지더라도, 아이의 자아는 쑥쑥 자라고 있기 때문이지요.

 학창 시절이 떠올랐습니다. 중간고사 기간이었던 걸로 기억합니다. 코앞에 집을 놔두고 친구가 같이 저녁을 사 먹으러 가자는 겁니다. 친구네 집도 우리 집도 독서실과 아주 가까웠거든요. 아직 공부할 게 많이 남아 있어서 집에 가서 저녁을 후딱 먹고 독서실에서 공부를 하고 싶었지요. 그런데 친구에게 싫다고 말하지 못하겠더라고요. 그렇게 말하면 친구가 서운해할 것 같았고요. 왠지 거절하면 친구와의 사이가 어색해지진 않을까 싶은 마음에 속마음과 다르게 알겠다고 했습니다.
 그날따라 문을 연 음식점이 없어서 한참을 돌아다니다가 결국 2시간이 지나서 독서실에 다시 들어가 공부를 시작했습니다. "미안하지만, 공부할 것이 많이 남아 있어서 우리 각자 집에 가서 먹자~"라고 말했으면 좋았을 텐데, 그 당시에는 친구에게 "No."라는 말을 꺼내기가 망설여졌습니다.

 직장 생활도 떠오릅니다. 신규 1년 차 때 저는 한 학급을 맡는 담임 교사가 아닌, 영어 교과만을 가르치던 전담 교사였어요. 지금은 보결 수업이 발생하는 경우 보결 규정에 따라서, 해당하는 시간에 공강인 선생님 중에서 공평하게 돌아가면서 보결 수업에 들어가시는데요. 그 시절 교무부장 선생님께서는 제가 신규라 부탁하시기 수월하다고 생각하셨는지, 보결 수업이 생길 때마다 저에게 들어가라고 말씀하셨습니다.

처음에는 부장 선생님께서 저에게 부탁하시기까지 마음이 불편하지 않으셨을까 싶었어요. 담임 선생님들에게는 공강 시간이 가뭄의 단비처럼 달콤한 휴식시간일 텐데 이왕이면 내가 들어가는 게 낫겠다 싶은 마음도 들었습니다. 그래서 좋은 마음으로, 제가 공강이니 흔쾌히 그러겠다고 했지요.

그런데 그다음부터는 보결 수업이 생길 때마다 자꾸 저에게 들어가라고 하시더라고요. '공강인 분들도 계시는데 왜 나보고만 자꾸 들어가라고 하시지?' 싶었지만, "No."라고 말씀드리지 못하고 알겠다고 말씀드렸습니다. 그 이후에도 보결 수업이 생길 때마다 거의 제가 들어갔더니, 선배 교사분께서 저에게 "보결 전문 교사 ○○○이네요."라고 별명을 지어 주셨지요. 그때부터 제 별명은 '보결 전문교사 ○○○'이 되었습니다.

여러분은 혹시 주변 사람에게 거절의 말을 거리낌 없이 잘하시는지요? 저는 지금에야 완곡한 표현으로 또는 우회적으로 거절하기도 하지만, 예전의 저는 대부분의 경우, 싫다고 말하기가 망설여졌습니다. 제가 거절하면 혹시 상대방이 마음이 상하지 않을까 싶고 거절하는 말을 하고 나면 늘 불편한 마음이 따라오더라고요.

좋았던 관계가 나의 거절로 나빠지면 어쩌나 싶기도 했습니다. 상대방의 기대에 부응해 주어야 할 것 같은 생각에 "싫다."라는 말을 못 한

지금 행복해질 너에게

적도 있었습니다. 나의 중심에는 당연히 '나'라는 존재의 비중이 더 높아야 하는데, 나보다 타인의 비중이 더 높아 계속 거절을 못 하는 상황이 반복되게 됩니다.

상대방도 불편하고 나도 불편한 마음이 생기느니, 그냥 나 혼자 잠시 불편하고 말지 싶어서 거절하지 못했습니다. 그런데 여러분도 아시다시피, '잠시 불편하고 말지.' 하는 불편한 마음들은 사라지는 것이 아닙니다. 내 마음속에 차곡차곡 쌓이게 되어서 한계점을 넘게 되면 어느 순간 터져 버리게 됩니다.

싫다고 말하지 못하는 바람에 '보결 전문 교사'라는 웃지 못할 별명을 얻고 나서, 하루는 교무부장님께서 저를 부르셨습니다. 제가 정말 수업에 들어가기 꺼리던 학급에 연달아 4시간을 들어가라고 하시더라고요. 그 반 담임 선생님이 일이 있으셔서 못 오신다면서요.

그 시간에 수업이 없는 전담 선생님들이 저 말고도 두 분이 더 계셨는데, 나눠서 들어가라고 하지 않으시고 저에게 다 들어가라 하셨습니다. 제가 싫다는 말을 안 했으니, 이번에도 제가 거절하지 않고 맡아 줄 거로 생각하신 것 같았습니다. 제가 맘속으로 '여기까지는 넘어서지 마셨으면' 하고 그어놓았던 심리적 경계를 교무부장 선생님께서 넘으신 거지요.

그 때를 떠올리면 조금 민망하고 얼굴이 화끈거리기도 합니다만, 계속 감정이 쌓여 있던 저는 그날 서운하고 속상한 감정이 폭발했습니다.

어디서 그런 용기가 났는지 모르겠는데요. "교무부장님. 그런데 왜 계속 저만 보결 수업 들어가라고 하시는 거예요."라고 교무부장 선생님께 울먹이며 말씀드렸습니다. 교무부장 선생님은 깜짝 놀라 미안하다며, 수업이 없었던 다른 신규 동기 선생님 두 분과 함께 보결 수업을 배정해 주셨습니다.

"No."라는 말을 하지 않고 참고 있으면, 주변과 나의 경계가 사라지게 됩니다. 내 맘속에 그어 놓은 심리적 마지노선을 누군가가 슬쩍슬쩍 넘어오기 시작하면, 결국 경계가 허물어져 버리는 거지요. "No."라는 말은 외부 세계와 나, 상대방과 나 사이에는 '다름', 즉 경계가 존재한다는 것을 표현하는 말입니다. 주변과 나를 구분하는 심리적인 경계를 만들어 혼자 힘으로 오롯이 설 수 있게 해주는 마법의 말이라는 것이지요.

"No."라고 말하지 못하는 사람들은 외부와 내부(자신) 사이의 심리적인 경계를 확실하게 긋기를 주저하거나 경계가 모호해서, 혼자의 힘으로 오롯이 서기를 힘들어하는 사람들입니다. 마음의 중심에 내가 아닌 타인이 있기 때문에 나 아닌 타인의 기분을 생각하느라 거절하지 못하는 거지요.

주변과 나를 구분해서 스스로 오롯이 설 수 있는 독립적인 존재가 되려면 경계가 필요합니다. 외부 환경에 휘둘리지 않기 위해서는 나의 의사를 명확하게 표현할 수 있어야 합니다. 그런 의미에서 "No."라는 말은 내 마음의 심지를 만드는 말이자, 자신을 지켜내기 위한 수단입니다.

지금 행복해질 너에게

『때론 이유 없이 거절해도 괜찮습니다』에서 다카미 아야는 인간관계에서는 누구나 각자 영역 의식이 확실해야 한다고 말합니다. 자신과 타인이 별개의 인간임을 인식할 수 있게 해 주고, 서로의 자유를 존중하게 만드는 역할을 해 주는 것이 바로 '영역 의식'이라고 표현하면서요.

나를 지키면서 주위의 좋은 사람들과 좋은 관계를 유지하며 의미 있는 삶을 살기 위해서는 거절할 수 있어야 합니다. "No."라고 말할 수 있어야 해요. 내가 무엇을 하고 싶은지, 무엇을 하기 싫은지를 명확하게 인지하고 'Yes'와 'No' 선택의 기준을 세워 놓아야 합니다. 그래야 나의 에너지를 불필요한 곳에 낭비하지 않고 중요한 것에 집중하며 의미 있는 삶을 살 수 있지요.

"No."라고 말하기 어려웠던 저도 이제는 제 의사를 확실히 표현하려고 합니다. 바로 답하기 미안한 마음이 들 때면, 좀 더 생각해 보겠다며 답변을 미루기도 하고요. 돌려서 완곡하게 거절하기도 하면서 거절을 표현하고 있어요. 상대방과 나 사이에는 분명 다름이 존재하거든요.

다른 사람이 나를 어떻게 볼지 겁내거나, 관계가 멀어질까 두려워하며 판단의 주체를 다른 사람에게 넘겨주지 마세요. 판단의 주체는 늘 내가 되어야 합니다. 나만 생각하라는 것이 아니라, 나를 먼저 생각하라는 거지요.

다른 사람이 아닌 나와 먼저 친해져야 합니다. 내가 좋아하고 좋아하지 않는 것, 하고 싶은 것과 하고 싶지 않은 것이 무엇인지 먼저 살펴보세요. 내게 중요하고 중요하지 않은 것이 무엇인지 깊이 살펴보세요. 내가 바로 서게 되면 거절하는 것은 어렵지 않습니다. 당당하게 "No."라고 말하세요.

03

불행이 터졌을 때보다 지나간 후가 더 중요해

—

"벼랑 끝에서 누군가에게 떠밀려 떨어지느니 스스로 뛰어내려 운명을 개척하겠다는 각오로 번역에 매진하여 묘막살이를 접고 당당한 가장으로 다시 섰다."

번역가이자 작가의 삶을 살고 계신 김욱 님이 자신이 번역한 『쇼펜하우어 아포리즘』 책 뒷날개에 적어 놓은 말입니다. 김욱 님은 1930년생으로 무려 85세로 일제 강점기에 태어나셨습니다. 어린 시절부터 책 읽기를 좋아하고, 작가가 되고자 국문학을 전공했던 김욱 님은 작가의 꿈을 안고 문학 신인 작품 모집에 응모해서 1차 예심에 합격했습니다. 그러나 2차 심사만 남겨 두고 6·25전쟁이 터지자, 작가의 길을 포기하고 신문기자로 30년 동안 재직하게 됩니다.

은퇴 후 다시 자신의 꿈을 이루고자 집필 활동에 전념하기 위해 전원생활을 시작했습니다. 그러나, 보증을 잘못 서서 전 재산을 날리는 바람에 남의 집 묘막살이를 하며 시제를 지내 주면서 근근이 생계를 이어

갔답니다.

작가의 삶을 살고자 했으나 매번 좌절하고 은퇴한 후 겨우 작가로 살수 있겠구나 했는데 자신의 전 재산을 보증으로 다 잃었을 때 기분은 어떠했을까 싶습니다. 아마 하늘이 노랗지 않았을까요? 저였다면, '도대체 내가 왜 그랬을까?' 하며 자기 비난과 자기 징계의 시간이 길어졌을지도 모릅니다.

그런데 김욱 작가님은 그러지 않으시더라고요. 쇼펜하우어의 "불행이 터졌을 때보다 불행이 지나간 후가 더 중요하다."라는 말을 몸소 실천하시는 분이더군요. 불행에 초점을 맞추는 것이 아니라 불행을 딛고 일어서서 배움에 초점을 맞추는 분, 앞으로 나아가는 분이었습니다.

자신의 평생 취미였던 독서를 밑천 삼아 번역이라는 직업에 도전하게 됩니다. 번역의 경험도 없고 나이도 많아서 일감이 들어오지 않자, 집에서 왕복 3시간 반이 걸리는 국립중앙도서관에 찾아가서 오래된 책을 찾아 읽기 시작했답니다. 사후 70년이 지나면 저작권이 사라지기 때문에 오래되어 사람들 기억에서 잊혔지만, 괜찮은 책들을 소개하는 글과 번역하는 글을 썼습니다. 출판사에는 소정의 번역료만 주면 괜찮은 글을 써 보겠다고 하면서요. 그렇게 번역 일을 시작했습니다.

『취미로 직업을 삼다』라는 김욱 님의 책 앞날개를 보면 이런 글귀가 나옵니다.

지금 행복해질 너에게

"절박함 속에서 남은 삶을 지켜내리라 결심하고, 평생의 취미였던 독서를 밑천 삼아 번역에 매진하여 200여 권이 넘는 책을 번역했다. 누군가는 현재의 삶을 기적이라 말할지도 모르지만, 자신의 운명을 되돌아보고 나를 포기하지 않았기 때문이라고 답한다."

과거에 일어난 일들에 매몰되는 것이 아니라, 과거의 불행 속에서도 자신이 좋아한 '독서'와 '작가'의 꿈을 건져내어 절박함 속에서 남은 삶을 지켜내신 거지요. 70세의 나이까지 인고의 세월을 겪어 내시고 번역일을 다시 시작하신 김욱 작가님도 계시는데요. 불행을 딛고 새로 시작하기에도 다시 앞을 향해 나아가기에도 기회와 시간은 충분합니다.

쇼펜하우어의 말처럼, 불행이 터졌을 때보다 불행이 지나간 후가 더 중요합니다. 그 일이 벌어지지 않았기를 기대해 봐야 소용없는 일이고요. 자신의 어떤 부분이 불행의 원인이 되었을지도 모른다며 자책해 보았자 마음만 더 아플 뿐입니다. 불행이 이미 지나갔는데, 자기 징계를 반복하는 것은 그 자체로 또 불행을 불러오는 비극이 되니까요.

불행이 가져온 상처에 집중하는 것이 아니라, 불행을 딛고 나아가야 합니다. 배움에 집중해야지요.

과거가 준 상처 대신 배움에 집중한 분 중 한 명이 바로 '뉴진스님'으로 유명한 개그맨 윤성호 님입니다. 윤성호 님은 얼마 전에 tvN의 〈유 퀴즈 온 더 블럭〉이라는 방송 프로그램에 출연했는데요. 윤성호 님은

10년 전에 개그맨이 사회를 많이 보던 시절, 디제잉이라는 특기가 있으면 자신에게 기회가 더 올 것 같아 생계를 위해 디제잉을 배웠다고 합니다. 그리고 새로운 도전을 위해 간 중국에서는 중국어 공부에 열심히 매진하여 원어민처럼 유창하게 대화할 수 있는 수준이 되었다고 해요.

중국에 있는 동안 대중들에게 잊힐까 봐 두려워 많이 울다가 한국에 돌아왔더니 코로나가 터졌습니다. 수입이 없어 힘든 시간을 견뎌 내고 코로나가 풀리면서 유튜브에서 야심 차게 새로운 콘텐츠를 시작했다고 합니다. 자신을 섭외해 주는 사람이 없고 자신을 찾는 사람이 없으니 자기 스스로 유튜브 채널에서 콘텐츠를 만들어 자신이 출현한 것이지요.

수입이 없는데도 계속 투자하다가 조회수도 괜찮고 반응이 좋아서 잘되기 시작한 지 한 달쯤 지났을 때, 자신의 유튜브 채널이 해킹을 당했고 일주일 뒤에서 채널이 아예 없어져 버렸답니다.

용기 내어 겨우 시작한 유튜브 채널이 해킹을 당하고 급기야 삭제되어 버리니 세상이 무너지는 기분이었다고 해요. 마지막 희망이 유튜브였는데 그것마저 날아가니 눈 뜨기가 싫었대요. 얼마나 힘들었는지, 이 이야기를 하면서 한참을 울먹이더라고요. 미래가 보이지 않고 막막했지만 그럼에도 다시 마음을 다잡았습니다.

"해뜨기 전이 가장 어둡다. 쓴맛을 느끼면, 단맛을 느낄 수 있다."
"대체 내가 얼마나 잘 되려고 이렇게 힘들까?"

지금 행복해질 너에게

스스로에게 이렇게 이야기해 주었답니다. 힘들 때일수록 하면 안 될 것 같아 술, 담배를 다 끊고 운동도 시작했고요. 그때의 노력이 당장 좋은 결과로 이어지지도 않았고 힘든 일이 연이어 일어나서 마음이 무너질 법도 했지만, 다시 일어섰습니다.

힘들었던 과거에 매몰되어 있지 않고 마음을 다잡았더니 다시 좋은 일이 생기기 시작했대요. 과거에 배웠던 디제잉 덕분에 '뉴진스님'이라는 법명으로, DJ로 다시 시작할 수 있게 되었고 유명해졌습니다. 과거에 배웠던 중국어 덕분에, 중화권에서 해외 공연 섭외가 많이 들어오고 있답니다.

윤성호 님은 자신이 10년 동안 공들였던 일들이 좋은 결과를 가져오지도 않았고 오히려 자신을 힘들게만 했지만, 과거가 준 상처에 빠져 매몰되지 않았습니다. 오히려 자신이 더 잘 되려고 이러는 거라며 앞으로 나아갔지요. 윤성호 님에게 과거는 하나의 기회가 되어 주었습니다. 디제잉 기술도 중국어 등 과거에 자신이 했던 노력을 발판으로 지금은 중화권에서도 활약하는 DJ가 되었으니까요.

고등학교 때 수능을 망치고 나서 어린 마음에 저는 제 인생이 실패했다고 생각했습니다. 좋은 점수를 받아 원하는 대학에 가는 것이 그 당시 제 인생의 목표라 생각했었는데, 목표를 이루지 못했기 때문에 실패했다고 생각한 거지요.

그 뒤로 이어진 저의 삶은 그저 주어진 삶에 '잘' 순응하는 것이었습니다. 주어진 삶에 순응하며 주어진 삶 안에서 내가 최선의 노력을 할 수 있는 것은 무엇일지 고민한 끝에 외국에서 공부를 해 보고, 석박사 공부를 이어 나가며 결핍을 채워 보려고 노력했습니다.

제가 아무리 노력해도 "내 인생은 실패했다."라는 기본 전제는 변하지 않지만, 차선책으로 조금이라도 제 마음의 공허함을 메꾸어 보려 했던 것 같아요. 그런데 그런 마음을 아주 깊은 곳에 저조차도 잘 보이지 않게 꼭꼭 숨겨 놓고 있어서, 저는 제가 그런 생각을 하고 있었는지도 몰랐습니다. 그저 '왜 아무리 노력해도 공허함이 채워지지 않는 걸까? 나는 왜 늘 자신이 없는 거지?' 하며 공허함의 이유를 몰라 답답해하기만 했지요.

그러다 얼마 전에 깨닫게 되었습니다. 아주 깊은 곳에 감추고 있어서 알아차리기 힘들었던 마음 하나가 있었더라고요. 수능을 망친 뒤 저를 점령했던 "내 인생은 실패한 인생이다."라는 생각은 예전에 사라진 줄만 알았거든요. 그런데 사라지지 않고 늘 제 마음 한구석을 차지하고 있었다는 것을 이제야 깨닫게 된 거지요. 그 생각 때문에 저는 뭘 하든지 결국엔 공허했던 거였어요.

사이버 대학에 편입해 공부를 더 해 보기도 하고 휴직 기간에는 짬을 내어 여러 가지 자격증도 땄습니다. 제가 정말로 원하는 삶이 무엇인지 저 자신도 잘 모르면서 차선책을 찾아 헤매는 과정들이 계속되었습니다. 비어 있었던 마음을 채우지 못하고 수십 년을 그렇게 방황만 했다고 생각했는데요. 살다 보니 어느 순간 깨닫게 되었습니다. 수십 년 동안 저는 방황하고 있었던 것이 아니라, 수십 년 동안 배우고 저를 채워 가며 조금씩 단단해지고 있었다는 것을요.

수십 년 동안 방황했던 과정들은 끊임없이 제가 좋아하는 것이 무엇인지, 저를 찾아가는 과정들이었습니다. 실패를 만회하기 위해 노력했던 경험들은 현재의 저를 있게 한 작은 성공의 경험들이었고요. 그 경험들을 통해 저는 이제 더 이상 '대학'이 내 인생의 성공과 실패를 결정짓는 것이 아니라는 걸 알게 되었습니다.

인생은 완결형이 아니라 끊임없이 나아가는 진행형이라는 것을 배우게 되었지요. 그리고 제 마음 깊은 곳에 숨어서 저의 자존감을 떨어뜨리고, 저를 괴롭혔던 그 못된 마음 '나는 실패한 인생이야.'를 물리칠 수 있게 되었습니다.

핸리 데이비드 소로의 말들을 엮은 『소로의 문장들』이란 책에는 다음과 같은 구절이 있습니다.

"당신 땅에서 열매를 맺는 어떤 나무를 발견하게 되면 그 나무를 잘 가꾸도록 하십시오. 그리고 당신이 겪은 지난날의 실패나 성공을 돌아보지 마십시오. 모든 과거는 하나의 실패이자 성공입니다. 당신의 과거는 당신에게 지금의 기회를 선사한다는 점에서 성공인 것입니다."

과거에 매몰되어 있을 것인가요? 아니면 과거가 우리에게 가져다 준 기회와 배움에 집중할 것인가요? 바로 그 선택의 키는 우리가 쥐고 있다는 것을 잊지 말아야 합니다.

지금 행복해질 너에게

04

내가 가는 길이 곧 길이거든

—

가지 않은 길

노란 숲속에 길이 두 갈래 났습니다.
나는 두 길을 다 가지 못하는 것을 안타깝게 생각하면서
오랫동안 서서 한 길이 굽어 꺾여 내려간 데까지
바라볼 수 있는 데까지 멀리 바라보았습니다.

그리고 똑같이 아름다운 다른 길을 택했습니다.
그 길에는 풀이 더 많고 사람이 걸은 자취가 적어
아마 더 걸어야 하리라고 나는 생각했습니다.
내가 그 길을 걸으므로 그 길도 거의 같아질 것이지만

그날 아침 두 길에는
낙엽을 밟은 자취는 없었습니다.

아, 나는 다음날을 위하여 한 길을 남겨 두었습니다.

길은 길에 연하여 끝없으므로

내가 다시 돌아올 수 있을지 의심하면서

훗날 훗날에 나는 어디선가

한숨을 쉬며 이야기할 것입니다.

숲 속에 두 갈래 길이 있었다고

나는 사람이 적게 간 길을 택하였다고

그리고 그것 때문에 모든 것이 달라졌다고.

「가지 않은 길」이라는 로버트 프로스트 님의 시입니다. 시의 마지막 부분이 자주 인용되어서, 아마 익숙한 분들도 계시지 않을까 싶어요. 우리는 수많은 선택의 상황에 놓이게 됩니다. 아무리 선택지가 많더라도, 한순간에는 단 하나의 선택만이 있을 뿐이지요. 한 개를 선택하면 다른 것은 포기할 수밖에 없습니다. 사람이라면 누구나 어떤 선택을 하게 되든지 간에 가지 않은 길들에 대해 호기심이나 미련, 후회는 조금이라도 남기 마련입니다.

그러나 그렇다고 해서 다른 사람들이 간 길을 그대로 좇아 선택할 수는 없습니다. 단지 다른 사람들이 간 길이라고 해서 안전하고 옳은 길이라는 법은 없으니까요. 프로스트의 시는 많은 사람들이 간 길이라는 이유로 따라가는 것이 아니라, 자기 생각과 의지대로 자신의 길을 용기

지금 행복해질 너에게

있게 선택하라 말해 주는 것만 같습니다.

　제가 이제껏 살아온 삶의 궤적을 한 번 되돌아보았습니다. 고백하건
대, 저는 제가 스스로 길을 개척해 나가기보다는 타인이 이미 지나간
혹은 타인이 가고 있는 안전한 길을 따라가기를 선호했습니다.

　제게 꼭 필요한지, 저에게 맞는 학원인지 판단하지 않고 그저 친구들
과 같은 학원에 같이 다니고 싶어서 제 친구들이 많이 다니는 학원에
등록했고요. '무엇이 되고 싶다.' 혹은 '무엇을 하고 싶다.'라는 정확한
목표 없이, 그저 사회적으로도 인정받는 이름 있는 대학교에 들어가면
되지 않을까 하는 막연한 생각으로 공부했습니다. 안정적이고, 여자 직
업으로 괜찮을 것 같다는 주변의 의견을 따라 선생님이 되었습니다.

　이제껏 많은 사람들이 지나간 길이 안전하고 좋을 것이라 생각했습
니다. 그래서 혹시라도 제가 가려고 마음먹은 길에 많은 사람들이 지나
간 발자국이 보이지 않거나 거칠고 울퉁불퉁해 보이면, 시작하기도 전
에 겁을 먹고 포기하고 사람들이 많이 지나간 길로 다시 선택했지요.

　눈에 이상이 생기고, 어지럼증으로 몇 년을 고생하고, 인간관계 속에
서 크고 작은 일로 마음고생을 하고 나니 인생이 다시 보이기 시작했습
니다. 인생은 그 누군가에게 보여주기 위한 것이 아니었습니다.

　'무엇이 되고자, 무엇을 이루고자 아등바등 살아가는 것이 아니라, 내
가 좋아하는 것을 찾고 내가 좋아하는 것을 하며 즐기면서 사는 것이

제일 행복한 인생이 아닐까?'라는 생각이 들기 시작했습니다. 인생에서 제일 중요한 건 다른 누군가가 아닌 바로 나라는 존재이고, 다른 사람의 인생이 아닌 나의 인생이라는 것도 깨닫게 되었습니다.

헨리 데이비드 소로 역시 그의 책 『월든』에서 "삶이란 대부분 내가 아직 시도해 보지 않은 하나의 실험이다. 앞서 살았던 사람들이 그것을 시도해 보았다는 사실이 내게 어떤 도움이 되지는 않는다."라고 말했어요. 많은 사람들이 지나간 그 길이 나에게도 안전하고 평탄한지는 알 수 없습니다. 거칠어 보이는 아무도 가지 않은 그 길이 결국 나에게 가장 맞는 길이었는지는 시도해 보지 않고는 알 수 없지요.

제가 좋아하는 것이 글쓰기라는 것을 깨닫고 처음 글을 쓰기 시작했을 때, 주변에서는 그냥 평범하게 살지 왜 남들과 다르게 살려고 하냐고 했어요. 책을 써서 무슨 도움이 되냐고도 그러셨지요. 저희 어머니는 제 건강이 걱정된 나머지, 박사 공부하고 나서 몸이 안 좋아졌는데 왜 또 책을 읽고 늦게까지 글을 쓰고 있냐고 왜 쓸데없는 일을 하고 있냐고 말씀하셨습니다. 교사라는 안정적인 직장이 있는데 왜 글까지 쓰려고 하냐며 그만두라고 주어진 삶에만 충실히 사는 것이 어떻겠냐고 그러시더라고요.

처음에는 또 망설여졌습니다. 제가 정말 하고 싶은 일을 이제야 찾았는데 한편으로는 정말 다른 사람들의 말이 맞는 건 아닌가 싶었습니다.

지금 행복해질 너에게

쓸데없는 일을 벌인 것은 아닐까, 몸이 더 나빠지는 건 아닐까 하고 걱정되기 시작했지요. 타인의 시선과 말에 늘 신경을 썼던 저였고, 다른 사람들이 이미 지나간 안정되고 안전한 길을 따라갔던 저였기에 쉽게 바로 고쳐지지는 않더라고요. 그러다 이내 마음을 고쳐먹었습니다.

블로그에 매일 글을 쓰면서 저는 많이 달라졌거든요. 글을 쓰면서 오히려 저를 더 많이 돌보고, 저 자신을 더 많이 살피게 되었습니다. 좋아하는 것들을 하며 건강하게 살고 싶어 매일 운동을 시작하게 되었고요. 부정적인 생각보다 긍정적인 생각을 하며 날마다 행복하게 지낼 수 있게 되었습니다. 몸과 마음이 오히려 더 건강해졌지요.

저에 대한 확신과 믿음도 생겨서, 이젠 스스로 결정하는 것에 대해서 두려워하거나 망설이지 않게 되었습니다. 저처럼 스스로에 대한 확신과 믿음이 부족했던 분들에게 도움이 되는 글도 쓰고 싶어졌습니다. 이제는 글을 쓰지 않으면 제가 더 아플 것 같았어요.

사람들의 발자국이 보이지 않아 한 발짝 내딛고 걸어 나가는 것이 망설여졌지만, 타인이 아닌 제가 가고 싶은 길을 선택했습니다. 그랬더니, 길을 걸어가면서 많은 것을 얻게 되었습니다.

선택하기 전에는 아무도 없을 것만 같았던 길이었는데, 길을 걷다 보니 글을 쓰고 있는 많은 이웃분을 만나게 되어 함께 걷게 되었고요. 블로그에서 글을 쓰다 보니, 브런치 연재라는 기회가 주어졌고 필사 모임도 열게 되었습니다. 전자책을 거쳐 종이책도 발간할 수 있었습니다.

가장 좋은 것은 '저'와 전보다 더 깊이 친해지게 되었다는 것이었지요. 이 길로 들어서기 전까지는 험하고 힘들지도 모르는 길이라 생각하며 망설였는데, 막상 걸어보니 저를 더 단단하게 행복으로 단련시켜 주는 길이었습니다.

제 친구 민주의 이야기도 해 볼까 합니다. 민주는 치과의사가 되고 싶었는데, 치대에 가기엔 수능점수가 모자라서 공대로 진학했습니다. 성실하고, 공부하는 것을 좋아하던 친구라 대학을 졸업하고 나서는 대학원으로 진학했어요. 형편이 넉넉한 편이 아니라서 전액 학비가 지원되는 대학원으로 진학해서 공부를 이어갔습니다.

민주가 대학원 과정을 끝낼 때쯤, 의학전문대학원과 치의학전문대학원 제도가 생겼어요. 치과의사가 되고 싶어 했던 민주는 결혼 후 조금 늦은 나이였지만, 치전원(치의학전문대학원) 입시에 도전했습니다. 안타깝게도 첫해와 두 해에 모두 낙방했습니다만, 포기하지 않고 세 번째 해에 다시 도전해서 치의학 전문대학원에 결국 합격하게 됩니다.

여기까지의 과정도 다른 사람이 가지 않은 길을 용기 있게 선택하고 도전했다 싶었는데요. 치의학 전문대학원에 다니는 동안 임신을 했어요. 휴학을 하나 싶었는데 휴학하지 않더라고요. 홀몸으로도 힘들었을 텐데 아이를 낳으러 가기 직전까지도 수업을 듣고, 시험을 치르고, 실습을 나가더라고요. 주위에서 다들 휴학하라고 권유했지만, 아이를 낳고 나선 더 힘들어질 것 같다며 자신의 의지대로 결정하고 결국 무사히 졸업했습니다. 그리고 무사히 치전원을 졸업해서 치과의사가 되었습니다.

마냥 여리게 보이기만 했던 친구 민주의 강단 있는 결정과 실천력에 놀랐습니다. 민주야말로 자신의 직관을 믿고, 자신의 마음이 원하는 길을 선택하여 주체적으로 자신의 삶을 살아간 것이 아닌가 싶어요.

처음엔 분명 울퉁불퉁하고 거친 길이었겠죠. 어둡기도 하고 갈 길이 아득하게 느껴지기도 했을 겁니다. 그러나 계속 걸어가다 보니 어두운 틈 사이로 햇빛이 비치고 새소리도 들리는, 점점 아름다운 길로 변하지 않았을까 싶기도 합니다.

타인이 지나온 길들도 처음부터 존재했던 길은 아닙니다. 누군가 먼저 걸어가고 또 다른 누군가가 또 그 길을 걸어가다 보니 길이 된 것이지요. 지금 가려고 선택한 길에 먼저 간 사람들이 없다고 해서 두려워하거나 겁내지 마세요. 내 마음 깊은 곳에서 내가 원하고, 가고 싶은 길이라는 마음의 소리가 들리면 내 마음의 소리를 믿고 그대로 따라 보는 겁니다.

타인이 아닌 나의 직관을 믿고, 내 마음이 원하는 길을 선택해 보세요. 시도해 보지 않고서는 나와 맞는 길인지 알 수가 없습니다. 그 길이 내가 싹을 틔우고 꽃을 피우며 새 소리와 함께할 수 있는 아름다운 길인지는 내가 직접 가 보아야 알 수 있는 거니까요.

05

무엇을 시작하기에 적기(適期)란 없어

—

저는 어릴 때부터 넓은 세상에서 공부해 보고 싶었습니다. 사람들은 그런 마음을 '유학병'이라고 표현하더군요. 결혼한 지 2년쯤 지났을 때 였을까요? 그 '유학병'이 도졌습니다. 중학생 시절 친하게 지내던 3층 자매들이 캐나다로 유학을 갔습니다. 제가 중학교 다니던 시절은 홍정욱 님의 『7막 7장』이 한창 열풍을 일으키던 때였습니다. 홍정욱 님은 중학교 3학년 때 존 F. 케네디 전 대통령을 동경해서 그분이 졸업한 미국의 한 사립고등학교에 홀로 유학을 떠나서, 하버드대학교를 우수한 성적으로 졸업하신 분이지요.

이 책을 읽고, '영어를 잘하고 싶다. 나도 외국에서 학교에 다니고 싶다.'는 막연한 꿈을 가지게 된 저는 3층에 사는 자매들처럼 저도 유학을 보내주시면 안 되냐고 부모님께 넌지시 여쭤보았습니다. 부모님께 한 번이라도 말을 꺼내 본 것은 저에게는 굉장한 용기였습니다. 보수적이셨던 부모님은 당연히 안 된다고 하셨습니다. 그 친구들은 친척 집으로

148 지금 행복해질 너에게

가는 것이지만, 저는 외국에 사는 친척이 없으니 첫 번째로도 위험하고, 두 번째로도 위험하다는 것이 그 이유였지요.

살포시 마음을 접었다고 생각했건만, 대학교에 가서도 그 마음이 스멀스멀 올라왔습니다. 그런데 이번에는 좋은 핑계가 생겼습니다. 외삼촌 식구가 뉴질랜드에 이민을 가셨거든요. 방학 기간 영어 공부도 할 겸 뉴질랜드 외삼촌 댁에 좀 있으면 안 되겠냐고 부모님께 말씀드렸더니, 이번엔 허락을 해 주셨습니다.

있다 보니 너무 좋은 겁니다. 어학원에서 만난 언니 오빠들도 어학연수만 생각하고 왔었는데, 뉴질랜드에서 대학교에 다니려고 편입 준비를 하고 있다는 겁니다. 저도 덩달아 가슴이 뛰기 시작했지요. 그래서 부모님께 여기서 공부를 계속하면 안 되겠냐고 슬쩍 말씀드렸습니다.

또 안 된다고 하셨어요. 임용고시가 어떻게 바뀔지도 모르는데 학기도 제대로 끝내지 않고 무슨 말이냐며 아빠의 불호령이 떨어졌습니다. 아쉬웠지만, 부모님 말씀을 거역해 본 적이 없었던 저는 방학이 끝날 때쯤 다시 한국으로 돌아왔습니다.

임용고시를 보고 집 근처 학교로 발령을 받았습니다. 학부에서 세부전공이 영어라 영어 교과 전담을 맡게 되었어요. 영어를 가르치다 보니, 영미권에서 영어를 제대로 공부하고 오고 싶은 마음이 더 커졌습니다. 교사 3년 차가 되었을 때쯤 부모님 몰래 유학원에 전화를 걸어 외국학교에 다닐 수 있는 방법도 알아보았습니다. 서류를 이것저것 준비를 해보다가 살포시 또 마음을 접었습니다. 부모님께 차마 유학 가고 싶다는 말은 떨어지지 않았습니다. 보수적인 부모님께서 외국에 보내 주실 것 같지 않더라고요.

그러다가 '파견 교사' 제도가 있는 것을 알았습니다. 교사 경력이 3년이 넘는 교사들을 대상으로 시험에 합격하면, 학교 현장에 근무하는 대신 대학교로 파견을 가서 대학원 공부에 전념할 수 있도록 해 주는 제도였어요.

마침, 교사 경력도 4년 차가 되던 해기도 했고요. 외국에서 공부하는 것은 허락해 주시지 않아도 교사직을 유지한 채 국내에서 공부한다고 하면, 부모님도 허락해 주시지 않을까 싶었지요. 그래서 열심히 공부해서 합격했습니다. 비록 영어의 본고장 미국에서 공부는 할 수 없었지만, 대학원에서 공부에 집중할 수 있으니 그것도 괜찮아 보였습니다.

그때가 시작이었습니다. 조금 늦어지긴 했지만, 공부를 계속해 보자고 마음먹었던 때가요. 대학원 공부를 끝내고 나서, 이제는 외국에 공부하러 가도 괜찮을 것 같았습니다. 많이 늦어졌긴 했지만, 한번 시도해 보고 싶어졌지요. 결혼해서 남편도 생겼고 혼자 가는 것이 아니라 둘이 가게 되는 거니까, 부모님도 더는 외국에 공부하러 가는 것을 반대하실 것 같지 않았습니다. 그런데 이번에는 남편이 복병이었습니다. '잘 다니고 있던 직장을 휴직하고 나랑 공부하러 가자고 하면 과연 남편이 괜찮다고 할까?' 싶더라고요. 여러 날을 설득했습니다.

지금 행복해질 너에게

지금 생각해 보니, 저뿐 아니라 남편에게도 엄청난 모험이었어요. 잘 다니고 있던 직장을 휴직하고, 와이프 따라 미국으로 공부하러 간다니. 한창 일할 나이에 휴직한다는 의미는 승진이 늦어져도, 돌아와서 본인 자리가 없어져도 감수하겠다는 의미라는 것을 아주 나중에야 알게 되었습니다. 남편은 며칠을 고민해 보더니 같이 가 보자고 했습니다. 본인도 매너리즘에 빠질 때쯤이었고, 외국에서 한 번쯤은 공부해 보고 싶었다고 하더군요.

남편이나 저나 학부 때 유학 온 친구들보다 나이는 많았지만 늦게라도 선택한 길이 즐거웠습니다. 사실 그 당시에 남편과 저 사이가 그리 좋지 않았거든요. 둘 다 어린 나이에 좋아하는 마음 하나로 결혼을 하는 바람에, 부딪히는 것들이 아주 많았습니다. 서로의 문제라기보다는 그 밖의 것들이 더 많았지요. 머나먼 타국 땅에 단둘이 있다 보니 사이가 절로 좋아지더라고요. 의지할 사람들이 세상에 단 둘뿐이었으니까요. 남편과 같이 밤늦게까지 도서관에서 공부하고, 과제를 하던 시간이 참 좋았습니다.

그렇게 나름 큰 결심을 하고 미국에 갔건만, 남편은 1년 만에 다시 공부를 접었습니다. 미국에서 대학원 준비를 하다가, 환율이 고공행진을 하는 바람에 학비가 부담스럽다고 하더군요. 연구 조교 제도도 있고, 돈을 벌어가면서 공부할 수 있는 여러 방법이 있다며 설득했지만, 남편은 겁이 났나 보더라고요.

넓은 세상에서 공부를 이어 나가고 싶었던 제 꿈이 이루어지나 싶었는데, 또 포기를 해야 하는 순간이 왔습니다. 혼자 남는다고 할 수는 없었어요. 그래서 다시 아쉬운 마음을 안고 한국으로 돌아왔습니다.

　한국으로 돌아와서 교사 생활을 이어가고, 아이를 낳아도 공부에 대한 욕심은 사라지지 않고 문득문득 떠올랐습니다. 그래서 결국 박사과정에 지원했습니다. 유학은 갈 수가 없으니, 국내에서라도 영어 교육학 공부를 제대로 해 보자고 마음을 먹었지요. 아이를 키우면서 저는 박사과정을 무사히 마쳤습니다. 중간중간 고비가 있었지만, 아이와 남편 모두 각자의 자리에서 응원해 주고 도와준 덕분에 무사히 마쳤습니다. 도움이 필요할 때마다 친정엄마도 도와주셨고요. 열심히 한 노력을 교수님들도 잘 보아주셨는지, 학위 논문 우수상을 받고 졸업했습니다.
　돌이켜보니, 중학교 때부터 바라왔던 일이었습니다. 그리고 비록 외국에서 공부하고 싶었던 제 꿈은 살짝 맛보기 정도로 끝났지만요. 좀 많이 늦어지고 오래 걸리기도 했지만, 공부를 끝까지 이어가고 싶었던 마음을 포기하지 않았더니 결국엔 해냈네요.

　미국인들이 가장 사랑한 화가 중 한 명이기도 하고, '그랜마 모지스'라고 불렸던 화가 모지스 할머니의 이야기를 해 드릴까 합니다. 모지스 할머니는 미국의 한 가난한 농장에서 태어났습니다. 76세라는 늦은 나이에 그림을 본격적으로 그리기 시작해서 101세에 세상을 떠나기 전까지 1,600여 점의 작품을 남겼습니다. 그중 250점은 100세 이후에 그린 그림이었다고 해요.

한 번도 그림을 제대로 배운 적이 없었지만, 진심을 담아 그림을 계속해서 멈추지 않고 그려갔다고 합니다. 자신의 마을 풍경을 그린 그림들을 엽서로 그리거나, 상점에 걸어놓고 사고 싶어 하는 사람이 있으면 2~3달러 정도의 돈을 받고 팔았는데요. 그러다 한 수집가의 눈에 띄어 모지스 할머니만의 따뜻하고 아기자기한 그림들이 세상에 공개되면서 100세에 세계적인 화가가 되었습니다. 모지스 할머니는 『인생에서 너무 늦은 때란 없습니다』라는 책에서 이렇게 말씀하시더라고요.

"사람들은 늘 '너무 늦었어.'라고 말합니다. 하지만 사실은 지금이 가장 좋은 때였습니다. 어릴 때부터 그림을 그리고 싶었지만, 76세가 되어야 시작할 수 있었어요. 좋아하는 일을 천천히 하세요. 때로 삶이 재촉하더라도 서두르지 마세요."

모지스 할머니는 늦은 나이에 그림을 시작했지만, 절대 늦었다고 생각하지 않았고요. 삶이 자신에게 준 것들로 자신은 최고의 삶을 만들었다며 삶의 기준을 자신에게 두고 천천히 그녀만의 그림을 그려 나갔습니다. 우리나라에도 '한국의 모지스 할머니'라고 불리시는 김두엽 화가님이 계십니다. 빈 종이에 그린 사과 그림을 보고 화가 아들이 칭찬해 준 이후로 매일매일 그림을 그리고 싶었답니다. 그때의 나이가 83세였습니다.

그림을 한 번도 배우지 않았지만, 자신만의 그림을 계속 그려 나가 96세인 지금은 화가 아들과 같이 전시회도 열고 책도 쓰시며 남은 삶을 행복하게 보내고 계십니다. 김두엽 님의 아드님 이현영 님도 택배 일을 하며 그림을 힘겹게 이어 나갔지만, 50세가 넘은 지금은 어머니와 전시회를 열며 행복하게 그림을 그려 나가고 있지요. 김두엽 님도 이현영 님도 포기하지만 않으면 느려도 괜찮다는 것을 삶에서 보여 주신 분들입니다.

떠올려보니 저희 아빠도 그런 분이셨습니다. 저희 아빠는 배우고 가르치며 글 쓰는 것을 좋아하셨어요. 그래서 그쪽 길로 쭉 가고 싶으셨는데, 할아버지께서 일찍 돌아가시는 바람에 아빠는 본인이 하고 싶은 꿈을 포기하셨습니다. 가업을 이어받아야 하셨거든요. 늦은 나이에 전공을 바꿔서 대학원에서 상담 심리를 공부하시고, 예순이 넘으신 나이에 박사 논문을 쓰시고 졸업하셨습니다.

등산길에 눈을 크게 다치셔서 눈 상태가 좋지 않으신데도, 배움에 대한 열정으로 공부를 이어 나가셨어요. 졸업 후 꿈에 그리셨던 대학 강의도 나가시고 성당에서 봉사도 하시며, 본인의 삶을 채워 나가고 계십니다. 얼마 전에는 글 쓰는 일에 도움이 될 것 같다고 하시면서 방통대에 다시 입학하셔서 국어교육 공부를 하시더라고요. 지금은 좋아하시는 시를 계속해서 쓰고 계세요.

포기만 하지 않는다면, 무언가를 하기에 늦은 나이라는 것은 없습니다. 죽기 전에 후회하는 것은 '내가 그걸 왜 했을까?'가 아니라 '내가 그걸 왜 해 보지 못했을까?'라고 합니다. 마음속에 해 보지 못한 것에 대한 미련이 남아 있다면, 늦었다고 생각하지 말고 바로 해 보는 겁니다. 우리 인생에서 무엇을 시작하기에 '적기'라는 것은 없습니다. 좋아하는 일이라면 늦더라도 시작해 보고, 늦었다는 생각이 들더라도 끝까지 해 보면 됩니다. 시작하고 끝맺는 그때가 바로 우리 인생의 '적기'니까요.

06

나는 삶을 정성껏 살아 내는 사람

—

몇 년 동안 저에게는 한 사람에게 나쁜 일이 이렇게도 연달아 일어날 수 있는 건가 싶을 만큼 나쁜 일들이 많이 일어났습니다. 레이저 수술 부작용으로 왼쪽 눈에 이상이 생겼고요. 어지럼증과 관련된 병들은 모두 다 저를 찾아와서 몇 년을 어지럼증으로 고생했습니다. 이석증, 전경 신경염, 메니에르병…. 반갑지 않은 손님들이 차례대로 때로는 같이 찾아왔습니다. 아픈 바람에 오해도 많이 받았습니다. 눈에 띄는 외상이 없으니, 꾀병이 아니냐는 오해도 받았고요. 뒷담화의 대상도 되었지요.

복직하고는 교장 선생님의 계속되는 부담스러운 언행으로 마음고생을 했습니다. 교장 선생님의 그런 말과 행동들도 점점 수그러들어 이제 겨우 제대로 일상을 찾으려 할 즈음에는 친한 동료가 다른 동료에게 비밀이라며 말한 소문 하나로 나락으로 떨어졌습니다. 이 일로 친한 동료 한 명과 마음에서 이별해야 했고요. 사실과 다른 소문으로 오해를 받고, 사실과 다른 소문으로 또 한 번 뒷담화의 대상이 되었습니다.

그 어떤 것보다 사람에게 받은 상처는 몸이 아픈 것보다 더 깊고 오래가더라고요. 마음이 회복되지 않으니, 몸도 더 회복되지 않았고요. 아무리 극복하려고 해도 극복이 잘되지 않아서 상담을 받고, 글을 쓰고 매일매일 마음을 흘려보냈습니다.

처음에는 정말 그랬어요. 왜 나에게만 이런 일이 일어날까 싶었습니다. 그래서 탓을 했지요. 세상 탓, 남 탓, 내 탓, 탓이란 탓은 다 했네요. 몸에 이상이 생기는 바람에 병이 나는 바람에, 받지 않아도 될 오해를 받고 받지 않아도 될 욕을 먹고 있구나 하며 제 탓을 했습니다. 다른 이들도 탓했습니다. 아픈 사람에게 꾀병 아니냐며 뒷말하고, 다른 사람들 앞에서 제 욕을 했다던 직장 상사를 탓했어요. 제대로 알지도 못하면서 사실과 다른 소문을 믿고, 사실과 다른 소문에 기대어 왜 다른 사람 욕을 하고 다닌 거냐며 험담한 동료도 원망했습니다.

몸이 아파 마음까지 약해질 대로 약해진 저에게 매번 첫사랑과 닮았다고 저 때문에 괴로워서 약까지 먹고 있다며, 복도를 지나갈 때마다 저의 교실에 들러 불편한 이야기를 한 아름하고 갔던 직장 상사도 원망했습니다. 나를 아끼고 좋아한다면서 잠잠히 지나가기를 원했던 나의 의사는 물어보지도 않고 소문을 낸 선생님도 원망했습니다. 직장 상사에게 서운한 일이 생겨 홧김에 그랬다고 미안하다던 말에, 본인 이야기도 아닌 내 이야기를 왜 남에게 한 거냐며 따지고 싶었습니다. 나를 위해서 한 행동이었다는 동료의 말에 기가 막혔습니다.

억울함이 쌓이다 못해 넘쳐흐를 것만 같아서 '이건 꿈일 거야. 이건 꿈이어야만 해.' 하며 날마다 울었습니다. 혼자 견디기가 힘들어서 상담을 받았습니다. 이렇게 살면 안 될 것 같고, 제대로 살아내고 싶어서 글을 썼습니다.

그렇게 몇 년을 지내보니 알겠더라고요. 누군가를 원망하고 탓하는 것은 소중한 나를 지키는 것에 전혀 도움이 되지 않는다는 것을요. 어느 날 샤워를 하다가 '다들 잘살고 있는 것 같은데 왜 나만 이러고 있는 거지?' 하며 부정적인 감정에 다시 사로잡히려 하는 저를 발견했습니다.

과거에 빠져 다시 자책하고 있는 저를 발견하고는 정신이 번쩍 들었습니다. 원망하고 탓하면서, 저는 온갖 부정적인 감정들에 둘러싸여 버린 것만 같았거든요. 늘 웃으며 지내던, 제가 알던 원래의 나는 어디로 가고 부정적인 생각에만 빠져 있는 사람 한 명만 여기 남아 있는 걸까 싶었습니다.

그 시절 저는 누군가를 원망하고 탓하는 데 에너지를 소진하느라, 정작 일상의 소중한 것에 에너지를 쏟지 못했습니다. 삶을 살아가는 것은 타인이 아니라 바로 나 자신임에도 불구하고 저는 저 자신을 돌보는데 에너지를 쓰지 않았습니다. 저 자신을 방치하고 갉아 먹는데 저의 에너지를 다 써 버렸습니다.

긍정적인 기운은 긍정적인 것들을, 부정적인 기운은 부정적인 것들을 끌어당기게 마련입니다. 부정적인 언어와 부정적인 감정으로 둘러싸여 있던 저에게 긍정적이고 좋은 것들이 다가올 리가 없었습니다. 한층 더 강한 부정적인 감정이 밀려오고, 한층 더 강한 부정적인 에너지에 매몰되어 버리게 되었지요.

제 마음을 조금 더 깊이 들여다보고, 제게 일어난 일들을 조금 더 멀찌감치 떨어져 들여다보니 알겠더라고요. 다른 사람을 탓하는 것도, 상황을 탓하는 것도, 나를 탓하는 것도 모두 나 자신을 갉아먹는 일이라는 것을요.

원망하고 탓하고 싶은 감정이 올라오면 그 감정을 그대로 수용한 다음, 그다음 단계로 넘어가야 합니다. 남을 원망한들 상황을 탓한들 아무 소용이 없으니까요. 이미 지나가 버린 어쩔 수 없는 일들은 있는 그대로 받아들이고 앞으로 나아가야 합니다. 본인 앞에 놓인 삶을 살아야 합니다. 자기 자신을 방치하지 않고, 자신의 삶을 소중하고 정성스럽게 살아 나가야 하지요.

시간이 오래 걸리긴 했지만, 그렇게 오롯이 받아들이고 나니 마음가짐도 달라지더군요. 저를 힘들게 했던 그 시절 그 사람들도 어쩌면 각자가 짊어진 삶의 무게가 달라 마음의 여유가 없었기에 그랬을지도 모르겠다는 생각이 들었습니다. 그 사람들을 어떻게든 이해해 보려고 노력하지 말고, 일어난 일 그대로를 오롯이 받아들여야겠다고 다짐했습니다. 이미 지난 일이니 있는 그대로 받아들여 과거의 한 페이지로 넘기고, 나는 이제 새로운 페이지를 써야겠다고요.

그렇게 생각하니 제 마음을 채우고 있던 원망의 감정들도 놓아줄 수 있었습니다. 어둠으로 가득 담겨 있었던 제 마음 그릇을 비워 내고, 다시 좋은 마음으로 채울 수 있는 공간을 마련해 두었습니다. 과거에서 벗어나지도 못하고 오지도 가지도 못한 채, 제 마음이 그저 과거 속에 묶여 버린 줄만 알았는데 다시 현재로 돌아올 수 있어 다행이다 싶었습니다. 그 시절 잘 겪어 낸 제가 그리고 지금의 제가 대견하고 감사했습니다.

이제는 있는 그대로의 저를 정성껏 받아들이고, 지금의 삶을 정성껏 살아가고 있습니다. 제 삶을 긍정하며 저 자신을 사랑하고 주변 사람들을 챙기며, 좋은 마음 좋은 생각으로 하루하루를 채워 나가고 있습니다.

유튜브에서 '모든 사람에게 기적을'이라는 뜻을 지닌 〈위라클〉 채널을 운영하는 박위 님의 인터뷰 영상을 본 적이 있어요. 박위 님은 28세 때 인턴으로 일하던 회사에서 정규직 전환 소식을 듣고 친구들과 축하 파티를 가졌습니다. 만취한 상태로 건물 2층 높이에서 떨어지는 바람에 경추가 골절되어 전신마비 판정을 받았다고 합니다.

대소변마저 가족들이 뒤처리해 주어야 하는 상황이었지만, 긍정적이고 낙천적인 성격으로 본인의 처지를 비관하지 않았다고 해요. 자신은 반드시 다시 스스로 일어설 거라고 믿으며 열심히 재활 훈련에 집중했습니다.

지금 행복해질 너에게

엄청난 노력 끝에 박위 님은 지금은 휠체어에 스스로 앉아 밀고 칫솔질도 스스로 할 수 있게 되었습니다. 〈위라클〉이라는 자신의 유튜브 채널에서 자신의 호전 과정과 일상을 보여 주며 많은 사람들에게 희망과 극복의 메시지를 전해 주고 있더라고요.

"더 이상 내려갈 곳이 없으니, 편하지 않아? 이제 올라가기만 하면 되잖아?"

박위 님이 스스로에게 해 준 말이 참 인상적이었어요. 전신마비로 평생을 살아가야 한다는 말을 듣고 세상을 원망하거나, 포기하는 마음이 들었을 법도 한데 박위 님은 그러지 않았더라고요. 자신의 상황을 비관하지 않고 그대로 받아들이며, 정성껏 삶을 살아가는 모습이 박위 님의 저 말 한마디에 그대로 담겨 있었습니다.

받아들이지 않으면 앞으로 나아갈 수도 없고, 과거를 후회해 보아야 그 시간은 다시 돌아오지 않습니다. 후회와 원망으로 자신의 소중한 에너지를 낭비하지 말고 지금의 나에게 집중했으면 합니다. 소중한 존재인 나를 탓하고 원망하느라 버려두지 말고 지금 여기에 있는 나를 소중하게 돌보아 주는 겁니다. 나는 삶을 정성껏 사는 사람이니까요.

『좋은 건 다 네 앞에 있어』라는 성전 스님의 에세이집에서 발견한 글귀입니다.

삶을 정성껏 사는 사람은 원망하지 않습니다.

삶을 정성껏 사는 사람은 절대 남의 탓을 하지 않습니다.

그는 병 때문이라고 말하지 않고

다른 이 때문이라고 말하지 않습니다.

억울하다고 항변하지도 않습니다.

탓하고 원망하는 대신

오히려 정성껏 모든 것을 받아들입니다.

삶을 정성껏 산다는 것은

어느 순간에도 자신을 방치하지 않는 것을 의미합니다.

병에 좌절하고 타인을 향해 분노하고,

억울함에 복수를 꿈꾸는 것은

정성을 다해 사는 사람의 자세가 아닙니다.

삶을 정성껏 사는 사람은 결국 그 누구도, 그 어떤 것도 원망하거나 탓하는 마음을 남겨 놓지 않습니다. 오히려 모든 것을 정성껏 받아들입니다. 나를 방치하지 않고 정성껏이요.

07

오롯이 홀로 설 수 있는 나

—

저는 꽤 의존적인 사람이었습니다. 어릴 적부터 속내를 잘 표현하지 않고 혼자 척척 알아서 하는 독립적인 아이였다고 생각했는데 그게 아니었습니다. 밖으로 표현만 하지 않았을 뿐, 마음속으로는 늘 부모님과 선생님, 주변 사람의 의견에 기대어 선택하고 행동했습니다.

무언가 판단하고 결정해야 할 때면 부모님과 선생님이 평소에 하시던 말씀을 떠올려서, '선생님이셨다면, 어떤 선택을 하셨을까?', '부모님은 어떤 결정을 좋아하실까?'라고 생각하며 다른 사람의 의견에 의지했습니다.

먹고 싶은 메뉴를 고르라고 해도 "아무거나."라며 그저 누군가가 선택한 메뉴를 따랐어요. 제가 평소에 식탐이 없어서 아무거나 먹어도 상관이 없어서 그랬나 보다 했는데, 그런 것이 아니라 음식까지도 타인의 의견에 기대어 저 대신 누가 선택해 주기를 바랐네요. 제가 스스로 하는 결정이 미덥지 않기도 하고 두려웠지요.

어른이 된다는 것은 자기 스스로 결정하고 오롯이 자신의 힘으로 설수 있는 존재가 되어 간다는 의미이기도 합니다. 결혼하고 나서 저는 스스로 판단해야 하는 상황이 많아져서 부담스러웠습니다. 스스로 결정하고 해결해야 하는 상황들이 많아지는 것도 걱정스럽기만 했는데, 제가 한 결정에 제가 모든 책임을 져야 한다는 사실은 더 부담스러웠지요. 저는 결혼한 후에도 온전한 어른이 되는 것을 두려워했습니다.

평소에 혼자 오롯이 결정하고 혼자 서는 연습을 하지 않았다 보니, 결혼 후에는 의지할 사람이 없다는 사실에 두렵고 외롭기도 했습니다. 그래서 의존 대상을 부모님에서 남편으로 자연스럽게 옮겨 가려고 했습니다. 남편이 저보다 나이가 많으니 당연히 저보다 더 의젓하고 어른스러워 보였거든요.

그런데 저의 착각이었습니다. 남편도 저도 둘 다 비교적 어린 나이에 결혼하는 바람에 남편에게 온전히 의지한다는 발상 자체가 잘못된 거였어요. 불완전하고 미성숙한 두 명이 서로 의지하기도, 서로 홀로서기도 하는 연습을 미국이란 낯선 땅에 가서야 본격적으로 하게 된 거지요.

벌써 15년도 더 지난 이야기라 정확히 언제쯤이었는지 생각이 잘 나지 않는데요. 남편과 미국에서 공부할 때, 방학 동안 둘이서 동부 여행을 간 적이 있었어요. 워싱턴 D.C.에 도착했더니 새벽 1시쯤 되었습니다. 예약해 놓은 호텔에 늦게 도착해서 체크인하려고 하는데, 호텔 직원이 예약 내역이 존재하지 않는답니다.

지금 행복해질 너에게

당황스러워 귀까지 빨갛게 되었습니다. 그럴 리가 없다며 다시 확인을 부탁드렸더니, 당일이 아닌 바로 전날로 예약이 되어 있었습니다. 남편이 날짜를 착각하고 바로 전날로 예약했더라고요. 하루치 숙박비는 흔적도 없이 날아가 버렸고 도착 당일의 예약은 꽉 차 있어서 이 야밤에 어디로 가야 하나 난감했습니다. 미국은 총기소지국인데, 이 새벽에 길바닥에 앉아 있다가 혹시 강도나 나쁜 사람을 만나면 어쩌지 싶어 무서움이 엄습해 왔습니다.

남편은 사색이 되어서 저를 쳐다봤습니다. 영어 사용이 저보다 힘들었던 남편이 모든 일을 해결하도록 지켜만 볼 수는 없는 노릇이었어요. 매번 남편에게만 의지했었는데, 이제는 제가 나설 차례가 온 겁니다.

신기한 일이었어요. 미국에 가기 전까지는 부모님 대신에 남편이라 생각하며 남편에게 의지했었는데요. 미국에 와서 아는 사람 없이 단둘만 있다 보니 한 사람에게 오롯이 의지하는 것 자체가 얼마나 상대방에게 부담이 되는지 깨닫게 되었습니다.

부끄럼 많고 의존적이라 생각했던 저였지만, 긴급한 상황이 되니 스스로 해결해야겠다 싶었습니다. 저도 어른인데 결혼 전에는 부모님을, 결혼 후에는 남편으로 대상을 바꿔가며 누군가에게 계속해서 의존할 수는 없는 노릇이었으니까요. 어서 움직여서 방을 구해야겠다 싶었습니다. 빠르게 결정하고 움직였지요.

그 캄캄한 밤중에 주변의 호텔들을 다 돌아다니며 방이 있냐고 물으러 다녔습니다. 남편은 제 뒤를 졸졸 따라다녔고요. 당일 결제라 숙소

비용은 엄청 비쌌지만, 어찌어찌해서 빈방이 있는 호텔을 찾아 무사히 하루를 보냈습니다. 내심 뿌듯했습니다. 결혼 후 남편에게 의지하지 않고 스스로 해낸 경험이 남편에게도 도움이 되었구나 싶어서요. 제가 미국에서까지 남편에게 오롯이 의지했으면 남편도 엄청 부담스러웠겠다는 생각이 들었습니다.

언어가 부자유스러웠던 미국에서 저는 혼자 서는 경험을 소소하지만 자주 해보게 되었습니다. 아직은 덜 자란 어른이었던 저에게도 혼자 힘으로 이룬 작은 성공의 경험들은 하나둘 모여 저의 홀로서기를 도와주었습니다. 자신의 힘으로 무언가를 이룬 경험들은 자존감을 높여 줍니다. 바로 스스로에 대한 믿음이 홀로 설 수 있는 힘을 가져다주기 때문이지요. 미국이라는 낯선 땅에 남편과 저 단둘이 지내게 되면서 저는 이렇게 따로, 또 같이 '홀로 서는' 경험을 차곡차곡 쌓아 가게 되었습니다.

오롯이 홀로 설 수 있다는 의미는 관계에서도 해당합니다. 그 누구에게도 관계의 주도권을 넘겨주지 않고, 오롯이 설 수 있는 독립적인 존재가 된다는 의미이기도 하거든요.

학창 시절의 저를 가만히 떠올려 보았습니다. 친구 관계에 있어서 저는 중심을 잡지 못하고 휘둘리는 경우가 많았습니다. 어떤 연유였는지 모르겠지만, 학기 초에는 많은 친구들이 저에게 관심을 보이며 저와 친해지고 싶어 했습니다. 그래서 학급 회장 선거에서도 추천을 많이 받았어요.

지금 행복해질 너에게

그런데 시간이 점점 지날수록, 소수의 친구들만 남게 되더군요. 관계 맺음에 비교적 수동적이었기에 제가 먼저 친하게 지내려고 친구들에게 다가가기보다는, 저에게 먼저 다가오는 친구들과 친하게 지냈습니다.

가만히 생각해 보니, 친구들과의 관계에서 저는 제 의견은 거의 말하지 않고 늘 맞춰 주려고만 했습니다. 친구들이 싫어할 것 같은 말은 하지 않았어요. 제가 이런 말을 하면 친구가 어떻게 생각할까 싶어 겁이 나기도 했고, 저 스스로를 드러내기도 몹시 망설여졌거든요. 제가 한 말로 오해를 받아, 한 차례 친구들에게 따돌림을 받고 나서는 더 위축되어서 아예 제 이야기를 하지 않기 시작했습니다.

그런데 사람들과의 관계에서는 상대방에게 일방적으로 맞추어 주려 하거나 본인의 생각을 잘 표현하지 않는 사람보다는, 자신에 대한 확신을 가지고 솔직하고 당당하게 자신을 표현할 줄 아는 사람이 더 매력적으로 보이는 법이지요. 스스로 단단하게 서 있는 사람이 결국엔 더 매력적인 친구일 텐데, 저는 후자가 아니라 전자의 경우였으니 당연히 관계가 오래가지 못했습니다.

다행스럽게도 몇몇 친구는 제가 저의 기분과 감정을 밖으로 잘 드러내지 않고, 마음을 털어놓는 데에도 시간이 필요한 성향의 사람이라는 것을 있는 그대로 존중해 주었습니다. 제 기분과 감정은 잘 표현하지 않고 다른 사람들이 하자는 대로 맞춰 주던 저였지만, 이 친구들 사이에서는 점점 솔직해질 수 있었습니다. 친구들과 함께 있는 공간에서는 있는 그대로의 제가 존중받고 있다는 느낌이 들자, 저도 자신 있게 저를 표현할 수 있겠더라고요.

참 신기한 점은 사람은 타인의 도움을 통해서도 스스로 설 수 있는 힘을 얻게 되기도 한다는 점입니다. 지금도 저는 그 친구들과 일방적이지 않은 건강하고 소중한 관계를 유지하고 있습니다. 서로가 온전히 설 수 있는 시공간이 확보되자, 저는 친구 관계에서도 관계의 중심축을 저로 돌려올 수 있었습니다. 그래서 그런지 각자의 삶을 살다가, 가끔 만나도 그렇게 반갑고 편할 수가 없네요.

다른 사람과의 관계라는 것은 내가 먼저 단단하게 설 수 있어야 원만하게 유지될 수 있는 거구나 싶었습니다. 고맙게도 저는 친구들을 통해 홀로서기를 배웠습니다. 이래서 각자, 또 함께 '홀로서기' 연습이 필요한 것임을 깨달았습니다.

홀로서기를 위해서는 나와의 좋은 관계가 선행되어야 합니다. 나에 대해 가장 잘 알고 있는 사람, 나를 가장 좋아하는 사람은 바로 나 자신이라는 '자기 확신', '자기 믿음'이 바로 홀로서기의 힘이기 때문이지요. 홀로 서는 시간을 통해 자기 자신에 대해 좀 더 깊이 이해하고, 이런 이해가 바탕이 된 자기 확신은 스스로 온전히 설 수 있게 해 줍니다.

스스로 뿌리를 깊게 내리고 단단히 설 수 있을 때, 우리는 타인에게 섣불리 기댈 필요가 없게 됩니다. 다른 사람들이 예고 없이 우리의 영역에 침범할 때도 쉽게 휘둘리지 않을 수 있습니다. 각자 자신만의 뿌리를 내리고 단단히 설 수 있어야 함께 있을 때도 행복한 법이지요.

지금 행복해질 너에게

4장

'나'를 찾고 싶은 너에게

01

내향인이지만 용기를 내 봅니다

―

저는 제 맘속의 이야기를 잘 꺼내 놓지 못하는 내향인이었습니다. 맘속에서는 생각과 감정들이 꼬리에 꼬리를 물고 올라와 머릿속을 가득 채워도, 막상 밖으로 꺼내 놓기를 두려워했습니다. 머릿속의 정리되지 않는 생각과 감정들을 적절한 단어를 골라 밖으로 꺼내 놓는 데에도 시간이 오래 걸렸지요.

언젠가 배우 전종서 님의 영어 인터뷰 장면을 본 적이 있습니다. 넷플릭스 〈종이의 집〉 시사회에서 여러 배우분과 함께 인터뷰를 진행하고 있었는데요. 인터뷰 진행자가 묻는 말에 전종서 님은 바로 대답하지 못하더라고요. 한참을 고민하느라 대답을 못 해서 다음 질문으로 벌써 넘어가 있거나, 다른 배우분들이 대신 대답해 주더군요. 사람들 앞에서 많이 긴장되어서 답변하기를 주저하더라고요.

저처럼 머릿속에서 생각이 빨리 정리가 되지 않아서 말로 꺼내 놓는 데 오래 걸린 것이 아닐까 싶었습니다. 내향인인 저는 충분히 공감이 가는 장면이었습니다.

저는 주목받는 것이 부담스러워 많은 사람들 앞에서 말하는 것을 꺼리던 사람이었어요. 학창 시절에는 티 내지 않고, 외향인인 척 가면을 쓰고 지내기도 했습니다. 친구들과 두루두루 잘 지내려고 노력했고 학급 반장으로 앞장서서 반을 이끌어가기도 했습니다. 지금도 사람들을 만나면 어색한 마음을 숨기고 먼저 인사하기도 하고, 첫 만남의 어색한 공기가 오래 흐를 때면 먼저 말을 걸기도 하거든요. 그래서 아직도 제가 내향인이라고 하면 믿지 않는 사람들도 있습니다.

하지만, 딱 거기까지더라고요. 그 이상은 먼저 말을 하는 것도, 먼저 저를 드러내는 것도 주저합니다. 다른 사람들이 혹시라도 제 말과 행동을 보고 저를 평가할까 봐 다른 사람의 말과 시선이 늘 신경이 쓰였거든요. 부족한 점을 보이고, 약한 모습을 드러내면 사람들이 저를 대하는 태도가 바뀔까 봐 걱정되는 마음에 제 솔직한 모습을 잘 드러내지 못했습니다.

특히나, 마음이 여리고 정이 많은 저의 솔직한 모습을 보이게 될 때마다 상처를 받은 적이 많아서 그런 경험들은 더욱 저의 마음을 닫게 했습니다. 사람들의 말에 쉽게 휘둘리는 제가 싫었고 마음이 단단하지 못한 것도 부끄럽고 싫었거든요.

그래서 더더욱 제 안의 생각과 감정들을 꾹꾹 억누르고 밖으로 쉽게 털어놓지 못했지요. 그러다 보니 제가 무엇을 좋아하고, 무엇을 원하는지도 잊고 세상의 기준에 맞춘 채 인생을 살아왔습니다.

그런데 문제는 밖으로 나오지 못하고 제 안에 남아 있던 생각과 감정

지금 행복해질 너에게

들, 제 솔직한 모습들이 겹겹이 쌓여서 힘들다고 시끄럽게 소리를 내기 시작했습니다. 표현하지 않는다고 마음이 사라지는 것도 아닌데 저의 마음을 보살펴 주지 않고 계속 방치해 두었습니다. 그랬더니 안에서 곪고 있었습니다.

어떤 날은 그런 답답한 마음들이 쌓여서 이유 모를 눈물이 나기도 했어요. 그래서 일을 쉬는 동안 내 마음이 왜 이런 것인지, 답답한 마음을 어떻게 하면 풀 수 있을지 나에 대해 한 번 자세히 살펴봐야겠다 싶었습니다.

말보다 글이 편하고, 글쓰기를 좋아하는 저에게 블로그는 가장 최적화된 공간이었어요. "너는 글을 쓰는 것을 좋아하니, 블로그에 글을 써 보는 것이 어때?"라며 블로그 글쓰기를 권했던 남편의 말도 떠올랐습니다. 그래서 블로그에서 글을 쓰기 시작했어요.

한편으로는 블로그에서 '발행' 버튼을 누르는 순간 많은 사람들에게 제 글이 공개된다는 사실 때문에 두렵고 겁이 나기도 했습니다. 달라지기로 마음먹은 이상, 그런 두려운 마음은 접고 글을 써 보기로 결심했습니다. 예전의 저였다면 엄두도 못 냈을 일이지만, 용기를 내 보았지요.

처음에는 당연히 어렵고 망설여졌습니다. 개인적인 글은 써서 올리기가 겁이 나서, 읽은 책 내용을 요약한 뒤에 제 생각과 느낌을 덧붙이는 정도로 블로그에 글을 쓰기 시작했습니다. 그러다가 조금씩 저의 일상 이야기도 적어 나갔습니다. 제 글을 읽으러 와 주시는 이웃분들이 생기자, 이웃분들과 같이 이야기하고 있는 기분이 들어 이웃분들에게 말하듯 적기 시작했습니다. 제 글을 읽고 공감과 댓글을 남겨주는 이웃들이 생기니 기쁘고 즐거웠습니다.

서로의 글을 읽으며 공감하고 댓글을 나누며 소통하다 보니 저의 닫혀 있던 마음도 서서히 열리기 시작했습니다. 숨기기 바빴던 저의 생각과 감정들을 글로 표현하는 것이 예전만큼 두렵지가 않았습니다. 있는 그대로의 나를 드러내도 괜찮겠다는 용기가 나기 시작했지요.

이웃들이 진심으로 공감해 주며 댓글을 남겨 주시더라고요. 이웃들의 글을 보면서도 느끼게 되었지요. 세상에는 나 같은 내향인도 많구나. 나 같은 고민으로 힘들었던 분들도 많구나 공감하며 위로도 받았습니다.

블로그에 글을 쓰는 것이 점점 즐거워졌고, 더 많은 분이 나의 글을 보러 와주고 함께 소통하면 좋겠다는 마음이 들기 시작했습니다. 그렇게 이웃분들과 적극적으로 소통하다 보니, 블로그 생활을 시작한 지 100일 만에 5,000여 명의 이웃분들과 인연을 맺게 되었습니다. 열심히 소통하고 글을 쓰다 보니, 어떤 날은 제 글에 600명의 이웃님이 공감 하트를 눌러 주고 가시기도 했습니다.

모든 일이 그렇듯 시작은 어렵지만, 막상 시작하고 보면 생각만큼 두려운 일이 아니더라고요. 혹시나 제 글에 악플이 달리거나, 제 글을 읽고 비난하거나 재단하는 것은 아닐지 잠시 걱정했던 것도 기우에 불과했습니다. 블로그는 글 쓰는 사람들이 모인 공간이라 저처럼 말보다 글이 편한 내향인 이웃들이 많았습니다. 저처럼 글을 통해 스스로를 더

지금 행복해질 너에게

잘 이해하고 싶어서 블로그에 글을 쓰고 있는 많은 이웃도 만나게 되었어요. 공통점으로 마음과 마음이 연결되어, 어느새 서로 소통하며 응원하는 사이가 되었습니다.

저는 평소에 책을 읽다가 좋은 글귀를 만나면 노트나 다이어리에 적어 놓는 습관이 있어요. 그렇게 쌓인 필사 노트가 차곡차곡 모여 벌써 여러 권이 됩니다. 몇 년 전부터 해 오던 일종의 저만의 리추얼 같은 것이었는데, 마음이 힘들 때마다 꺼내어 읽으면 스스로에게 위로와 힘이 되어 주었습니다.

블로그에 글을 쓰면서도 글 주제와 어울리는 내용의 글귀가 떠오르면, 필사해 놓은 노트에서 그 글귀를 찾아 사진으로 찍어 같이 올리곤 했습니다. 그랬더니, "저의 손 글씨를 보고 있으니 힐링이 된다. 적어 주는 글귀가 힘이 되고 위로가 된다."라는 이웃들의 댓글이 많이 달리기 시작했습니다. 제 필사 글을 손 글씨로 따라 적으시고 댓글로 인증해 주는 분들도 생겼습니다.

이웃들의 댓글을 찬찬히 읽어 보다가 필사 모임을 해 보면 좋겠다는 생각이 들었습니다. 제 글을 읽으러 와 주시는 고마운 이웃들과 제가 좋아하고 잘할 수 있는 필사를 함께 해 보면 의미가 있을 것 같더라고요. 그래서 또 용기를 내어 한 달간 이웃들과 필사 모임을 가졌습니다.

학교 현장에 있을 때도, 아이들이 무언가를 성취하면 상장을 만들어 주곤 했는데 그때 아이들이 정말 좋아했던 기억이 떠오르더라고요. 그래서 한 달 동안 필사에 참여한 이웃님들께도 상장을 드리면 좋을 것 같아 필사가 끝나는 날 상장을 만들어 드렸습니다. 아이들처럼 행복해 하시는 이웃님들을 보며 저도 같이 행복해졌습니다.

사람들에게 저를 드러내거나, 사람들 앞에 나서는 것을 꺼리는 제가 블로그에 글을 올리고 모임을 만들어 이끌어간다는 것은 예전 같았으면 상상도 하지 못했을 일입니다. 그런 제가 블로그에 글을 쓰고 필사 모임을 이끌었습니다.

아이들에게도 작은 성공의 경험들이 조금 더 앞으로 나아가게 만드는 것처럼 어른도 마찬가지더라고요. 블로그에 글을 올리고 모임을 이끌어 기쁨의 경험들이 쌓이니, 계속해서 용기를 내어 도전해 보고 싶어지더군요.

블로거를 처음 시작하시는 분들에게도 도움을 드리고 싶어졌습니다. 처음 블로그를 시작했을 때, 설레지만, 막막했던 경험들이 떠올라 블로그를 막 시작하시는 초보 블로거분들에게 블로그 글쓰기 팁을 알려드리면 좋을 것 같았습니다.

그래서 '초보 블로거의 글쓰기 노트'라는 게시판 하나를 만들고, 초보 블로거분들에게 도움이 될 만한 팁들을 적어 올리게 되었습니다. 그렇게 블로그에 올린 글들을 토대로 『초보 블로거분들을 위한 글쓰기 근력, 멘탈 근력 강화 비법서』라는 전자책도 발행하게 되었습니다.

목차를 수십 번 고치고, 퇴고에 퇴고를 거듭하며 처음 전자책을 세상

지금 행복해질 너에게

에 내놓던 순간을 잊을 수가 없습니다. 기쁘기도 했고, 떨리기도 했고 유리멘탈 극내향인이 이제는 전자책까지 제작했구나 싶어 복잡 미묘한 감정들이 떠오르더군요. 다행히 많은 분이 고마워하시며 후기까지 남겨주셔서 기쁨은 배가 되었습니다.

'마음속에서 하고 싶은 마음이 올라오면, 제 마음을 그대로 따라가 봐도 되겠구나.' 하는 저에 대한 믿음도 조금씩 더 차올랐습니다. 블로그에 소설 글도 써 보았다가, 시도 써 보았다가 하며 여러 글을 써 보다가 브런치 작가에도 도전했습니다.

꺼내어 보기 힘들어 그동안 덮어 두었던 기억을 글로 쓰며 하나씩 마주해 보고 있습니다. 글이라는 것은 치유의 힘도 가지고 있더라고요. 힘들었던 감정들을 하나씩 꺼내어 글로 표현하니, 상처받은 제 마음들이 치유되고 있음을 느꼈습니다. 여리기만 했던 저의 마음도 조금씩 단단해지기 시작했습니다. 그렇게 조금씩 용기를 냈더니 지금은 이렇게 책을 쓰고 있네요.

해 보니 그랬습니다. 시작이 어렵지, 시작하고 보면 그리 겁나거나 어려운 일도 아니었습니다. 작은 경험들이 모여서 저를 조금 더 단단하게 만들어 주었습니다. 내 안의 약하고 부족한 모습을 드러내면 사람들이 나를 대하는 태도도 바뀔까 두려워 꼭꼭 문을 걸어 잠그고 있었는데요. 용기를 내어 조금씩 열어젖히니 달라지기 시작했습니다. 조금 용기를 내니, 주변 이웃들이 도와주었습니다. 그렇게 저는 세상 밖으로 조금씩 알을 깨고 나왔습니다.

아주 작은 것부터 시작해 보는 용기. 더도 말고, 덜도 말고 그 시작해 보려는 용기 한 스푼이면 됩니다. 일단 시작해 보세요. 내향인도 할 수 있습니다. 40여 년 동안이나 행동으로 옮기지 못하고 망설이기만 했던 저도 해낸걸요.

02

마음속 여러 '나'와 친해지기

—

드라마 〈유미의 세포들〉을 보면 우리의 마음속에 살고 있는 다양한 모습의 나를 세포로 표현합니다. 사랑을 담당하는 세포, 이성적인 사고를 담당하는 세포, 의심을 담당하는 세포, 판결을 담당하는 세포, 감성을 담당하는 세포, 난폭함을 담당하는 세포, 불안을 담당하는 세포, 식욕과 식탐을 담당하는 세포 등 그 세포들이 모여 '유미'라는 한 사람을 이루고 있음을 애니메이션 캐릭터로 재미있게 표현하고 있습니다.

그 세포들은 주인공의 마음속에 집을 짓고 '세포 마을'을 이루어 함께 살고 있습니다. 가끔 서로 갈등하기도 하지만, 모두 같이 힘을 합쳐 주인공이 잘 살 수 있도록 도와주지요.

저의 마음속에도 여러 모습의 '내'가 살고 있습니다. '유미의 세포들'처럼 하나의 마을을 구성하고 살고 있지요. 몸에 좋지 않으니 오늘부터 정제된 탄수화물을 먹지 않겠다며 결심한 이성적인 '나'도 있지만, 결심하기 무섭게 빵을 먹고 싶은 식욕이 넘쳐흐르는 '나'도 있고요. 고요히 사색하며 책을 읽고 싶은 감성적인 '나'도 있지만, 친구들과 어울려서 즐겁게 시간을 보내고 싶은 '나'도 있습니다. 한 발짝 앞으로 나서서 계획하고 실행에 옮기고 싶은 욕심 있는 '나'도 있지만, 아직은 때가 아닌 것 같다며 뒤에 숨어 있고 싶은 불안한 '나'도 있습니다.

나라는 존재가 양가감정을 지닌 사람인 것처럼 보이기도 하고, 때로는 모순의 아이콘처럼 느껴지는 이유가 바로 우리의 마음속에는 이렇게도 다양한 '나'들이 존재하기 때문입니다.

박지성 선수의 "잘하고 싶지만 유명해지고 싶지 않아요."라는 말이 우리 안에는 다양한 내가 존재한다는 것을 그대로 보여 주는 말이 아닐까 합니다. 속이 시끄럽고, 머리가 복잡하고 답답한 기분이 들 때는 마음 안에서 이런 다양한 나들이 서로 자신의 목소리를 들어달라며 외치고 있기 때문이지요.

그런데 내 마음속의 다양한 '나'들을 그대로 인정해 주지 않고 어느 하나만을 나의 모습이라고 생각하거나, 바람직한 '나'로 규정하여 다른 '나'들을 눌러버리면 '나'라는 마을은 제대로 유지되지 않습니다.

제가 그러했습니다. 제 마음속에 살고 있는 다양한 '나'들이 내는 목소리에 다 귀를 기울여 주지 않았어요. 그중에서 바람직해 보이고, 썩 괜찮아 보이는 목소리에만 집중했습니다. 다른 '나'들이 내는 목소리는 무시하거나 눌러 왔습니다. 그런 시간이 길어지니, 복잡하고 답답한 마음도 오래갔습니다. 내 마음속에 살고 있는 다양한 '나'들의 갈등이 쌓여 갔던 거지요.

지금 행복해질 너에게

쉬는 동안 이 복잡하고 답답한 마음을 해결해 보고 싶었습니다. 나를 좀 더 깊이 들여다보고 마음을 살펴봐 주면, 평온해지려나 싶어서 상담을 받아 보기로 결심했습니다. 상담 선생님은 상담심리학과에서 교수로 재직하셨던 분인데요. 그분이 해 주신 이야기가 참 도움이 되었습니다. 교수님은 내 마음속에 있는 여러 나를 '미니미'라고 표현하시면서 우리 안에 살고 있는 '현명한 자아'와 '미니미들'에 관해 이야기해 주셨습니다.

우리 마음속에 살고 있는 여러 미니미들은 선택하거나 결정해야 하는 순간이 되면 서로 자기가 맞다며 시끄럽게 소리를 내게 됩니다. 우리 내면에서 전쟁이 나게 되는 거지요. 미니미 1은 "이게 좋을 것 같아."라고 하는데, 미니미 2는 "아니, 그건 아닌 것 같아."라고 목소리를 내지요. 미니미 3은 "그게 아니라, 이렇게 하는 것이 좋을 것 같아."라고 하는데, 미니미 4는 "아니. 아닌 것 같아. 그걸 왜 하려고 그래? 그거 하지 마!"라며 미니미 3을 말립니다. 미니미 5는 "그거 하지 마. 저거 해!"라며 자신의 목소리를 내지요.

내 속의 다양한 미니미들이 서로 자기 말이 맞다고 자신의 목소리를 내서 결정하지 못하고 계속 갈팡질팡하게 됩니다. 그러다 결국엔 선택의 순간이 다가오면 오히려 시간에 쫓기고 오히려 더 불안해져서 "아, 몰라. 이렇게까지 생각했는데도 모르겠어. 눈앞에 보이는 거 아무거나 해 버릴래." 하며 전혀 엉뚱하고 가장 안 좋은 선택을 해 버리기도 한다고 해요. 그러지 않으려면 마음속에서 떠오르는 다양한 미니미들의 목소리를 그저 가만히 들어주어야 한답니다. 마음을 고요하게 하고 가만히요.

우리에게는 누구나 타고나기를 너무나도 현명하고 멋진 자아가 우리 내면에 자리 잡고 있대요. 그러니 심호흡을 한 번 하고 나서, 그저 여러 미니미가 내는 목소리를 가만히 다 들어 보래요. 마치 '관찰자'가 된 듯이, 나를 들여다보라는 거지요. 그리고 나서 마음을 고요하게 하고 있으면 내 중앙에 자리 잡고 있는 현명한 자아가 판단을 내려 줄 거랍니다.

마음속의 어떤 나의 모습도 부정하지 않고 그대로 수용하는 연습이 필요하다는 이야기겠지요. 그러면 마음속의 다양한 '나'들도 서로 갈등하거나 긴장하지 않고, 사이좋게 지낼 수 있으니까요. 그런데 우리는 어떤 감정들은 부정하며 억누르려고 하지요. 질투를 해서는 안 되고, 절망해서도 안 되고, 슬퍼해서도 안 되고 화가 나도 안 된다고 하면서요.

저도 예전엔 그랬습니다. '가져도 되는 감정'과 '가지지 않아야 하는 감정'을 구분해서 가지지 않아야 하는 감정은 억누르고 무시하려고 했습니다. 그런데 감정에는 좋고 나쁨, 옳고 그름과 같은 가치판단이 들어 있는 것이 아닙니다. 그저 마음속에 자연스럽게 올라오는 것이니까요. 마음속에 자연스럽게 올라오는 다양한 나의 감정을 '나쁜 감정'이라고 이름표를 붙여 꾹 눌러 참거나 무시하면 안 됩니다. 결국, 그 감정들은 사라지는 것이 아니라 마음속에 겹겹이 쌓여서 곪거나 폭발하게 되기 때문이지요.

지금 행복해질 너에게

교수님은 그러시더라고요. 내 안에 올라오는 감정들을 무시하지 말고, 가만히 알아주고 안아 주어야 한다고요. '내가 질투가 나는구나. 내가 지금 슬프구나. 내가 지금 화가 났구나. 내가 지금 욕심이 나는구나.' 하고 올라오는 감정들을 가만히 알아봐 주랍니다. 올라오는 감정을 내가 알아차리고 가만히 바라봐 주는 것만으로도 놀랄 만큼이나 마음은 평온해집니다.

마음속에 화가 '나는' 것과 실제로 화를 '내는' 것은 다르거든요. 화가 나는 것은 내 안에서 올라오는 자연스러운 감정이고요. 화를 내는 것은 감정이 아니라 그 감정을 밖으로 표출하는 행동이기에 내가 조절할 수 있는 부분입니다. 내가 내 감정을 가만히 지켜보고 끌어안아 주면, 그 감정을 행동으로 옮기느냐 그러지 않느냐는 우리의 현명한 자아가 조절할 수가 있습니다.

『마음의 법칙』에서 폴커 키츠와 마누엘 투쉬는 이렇게 말했습니다.

"중요한 것은 먼저 나의 감정을 있는 그대로 감지하고, 왜 그런 감정이 일어났는지 원인을 찾아보고 내 인격의 일부로 받아들이는 것이다. 감정을 무턱대고 몰아내려고만 하면, 무의식에 똬리를 튼 감정은 계속해서 뒷맛을 남기며 우리를 병들게 할 수 있다."

자연스럽게 올라오는 감정들은 무시하는 것이 아니라 내가 알아차려

주고 왜 그런 감정들이 올라왔는지 가만히 들여다보면 좋겠습니다. 마음속 여러 나와 친해지는 겁니다. 마음속에 함께 살고 있는 여러 가지 '나'의 모습들을 모두 다 인정해 주고, 끌어안아 주는 겁니다. 소중한 내가 병들면 안 되니까요.

03

욕망해도 괜찮아

—

"당신이 지금 원하는 것은 원해야만 하는 것인가, 그냥 원하는 것인가?"

소르본대학교 철학과 교수인 미셸 퓌에슈가 『나는 오늘도 원하다』에서 던진 물음입니다. 여러분이 지금 원하는 것은 원해야만 한다고 생각하기 때문에 원하시는 것인지요, 아니면 정말로 본인이 원하시는 것인지요? 저는 이 두 개를 구분 지어 생각해 본 적이 한 번도 없었습니다. 그런데 이 질문을 만난 순간, 이제껏 제가 원한다고 생각했던 것들 중의 대부분이 어쩌면 원해야만 한다고 생각했던 것들이 아니었을까 하는 의심이 들기 시작했어요.

어릴 때부터 의식적 혹은, 무의식적으로 학습된 도덕적인 이유나 사회적인 기준에 따라 '원해야만 할 것 같은 것'을 선택하는 것은 진정으로 내가 원하는 것이라 볼 수 없습니다. 어떤 것도 고려하지 않고 실제로 내가 욕망하는 것, 내가 정말로 원하고 있는 것을 할 때 비로소 내가 원한다고 말할 수 있는 거지요.

학창 시절을 떠올려 봅니다. 선생님, 부모님 말씀을 잘 따르던 착하고 모범생이었던 아이는 하필이면 입시에서 제일 중요한 고3 시절, 기숙사에서 친구들과 노는 재미에 빠져 버렸습니다. 본 수능 때 성적이 평소대로 나와 주지 않는 바람에 생각지도 못한 대학에 입학하게 됩니다.

그간의 좋았던 성적이 아까우니 걸쳐놓고 재수를 하라는 담임 선생님의 조언을 듣고 콕 찍어 주신 교대에 원서를 넣었습니다. 재수하고 싶은 마음이 굴뚝같았지만, 부모님의 반대를 거역할 수 없었습니다. 기숙사에서의 불성실했던 저의 생활도 내심 찔려서 부모님 말씀을 그대로 따랐지요.

교대에 왔더니 배워야 할 것들이 너무나도 많았습니다. 피아노를 치고 장구를 배우고 단소를 배우는 건 제가 음악을 좋아하니 괜찮았습니다. 하지만, 가만히 앉아서 공부하는 것에만 익숙했던 몸치인 제가 허들을 넘고, 수영하고, 농구를 배우고, 창작 무용을 짜고, 목공품을 만드는 과정은 정말 힘이 들었습니다. 하루는 공구를, 하루는 단소를, 하루는 무용 슈즈를 들고 이리저리 수업을 들으러 다녔습니다. 장애물 달리기를 하다가 허들에 걸려 넘어지는 바람에 생긴 영광의 상처들은 아직도 그대로 남아 있습니다.

초등학교 교사는 전 과목을 가르쳐야 하니 어찌 보면 당연히 배워야 할 것들이었지만, 적성에 맞지 않으면 하루하루가 고역입니다. 예체능을 잘하고 노작 활동에 흥미가 많은 사람이 교대에 오면 더 좋겠다 싶더라고요.

떠올려보니 대학교 3학년 때는 거의 울면서 다닌 것 같아요. 제게 맞지 않은 옷을 억지로 입고 있는 것은 아닌가 방황하면서 말입니다. 중간에 몇 번이나 학교를 그만두고 싶었지만, 부모님을 실망하게 하는 맏딸이 되고 싶지는 않았습니다.

"여자 직업으로 교사면 괜찮지 않니? 교사 말고 뭐 할래?" 하시는 부모님 말씀에, 듣고 보니 맞는 것도 같았고요. '적성에 맞춰서, 자기가 원하는 대로 살아가는 사람이 몇 명이나 되겠어? 그냥 주어진 상황에 순응하며 맞춰 사는 거지.' 싶었습니다.

그렇게 졸업하고 교사가 되었습니다. 막상 교사가 되고 나니 교사라는 직업이 나쁘지 않았습니다. 평소에도 아이들을 좋아했기에 아이들과 함께 생활하며, 가르치고 또 배우는 것이 보람차고 즐겁기도 했습니다.

사람들을 많이 만나야 한다는 것이 부담스럽고 싫을 때도 있었습니다만, 해맑은 아이들이 성장하는 모습을 지켜보는 기쁨으로 힘든 마음이 상쇄되기도 했습니다. 그렇게 또 주어진 상황에 저를 맞춰 가며 인생을 수동적으로 살아왔습니다.

제게 주어진 대로 그저 순응하며 인생을 수동적으로 살지 않았다면, 우겨서 재수도 해 보았을 테고요. 마음속 방황이 길어졌던 시간 동안, 중간에 진로도 바꾸어 보려 했을 겁니다. 저 나름대로 주체적인 삶을 살 수도 있었을 텐데, 저는 그러지 못했습니다.

하지만, 또 한 편으로 생각해 보니 저만 그랬을까 싶습니다. 제 주변을 살펴봐도 저 같은 분들이 많으셨거든요. 본인에게 주어진 인생에 순응하며 수동적이지만 최선을 다해 살아오신 분들이 많았습니다.

처음부터 자신이 원하고 바라는 것이 무엇인지 정확히 알고, 자신이 원하는 것들을 하면서 자신의 인생을 주도적으로 살아온 사람들이 얼마나 될까요. 대부분의 사람은 저처럼 자신이 뭘 원하는지, 뭘 좋아하는지 잘 모른 채 그저 '바람직한 것, 해야만 하는 것, 남들에게 보이기 위한 것'을 하며 살았을 겁니다. 그래서 본인을 위한 일에는 눈을 돌릴 틈이 없었을 겁니다.

저는 그랬습니다. 어릴 때는 제가 원하는 것이 확실히 무엇인지 잘 몰랐습니다. 그저 막연히 좋은 학교에 들어가고 싶었지 제가 무엇을 하고 싶은지, 제가 원하는 것이 무엇인지 모르기도 했고요. 스스로 찾을 생각조차 하지 못했지요. 그래서 수능점수가 평소보다 많이 떨어졌을 때도 제가 간절히 바랐던 그 무언가가 없었기에, 재수하고 싶다고 강력하게 말씀드리지 못했습니다.

그저 담임 선생님이 말씀하신 대로 점수에 맞춰서 원서를 넣었고요. 부모님이 하라고 하신 대로 교사가 되었지요. 모습은 조금씩 다르겠지만, 대부분의 사람은 저처럼 살아오지 않았을까 싶습니다.

그렇게 한참을 보내고 나니, 어느 순간 의문이 들더라고요. 저 같은 경우는 아픈 시간이 길어지면서 제 삶을 돌아보기 시작한 것 같아요. 사회에서 또는 주변에서 말하는 것들에 맞춰서 수동적으로 사느라, 정

지금 행복해질 너에게

작 저 자신에 대해서는 제대로 아는 것들이 없었습니다. 주어진 삶 그 안에서만 최선을 다해 살려고만 했지, 저 자신이 좋아하는 삶, 저 자신에게 집중한 삶은 살지 못했더라고요.

그래서 다른 사람들에게 가 있던 시선을 이제는 저에게로 저의 내부로 돌려놓고 싶어졌습니다. 제가 좋아하고 하고 싶은 것은 무엇인지, 제가 원하고 바라는 것이 무엇인지 저에게 끊임없이 묻기 시작했어요. 다시 저를 찾기 위한 방황이 시작된 거지요.

한참 그런 생각을 하던 와중에 최진석 교수님의 『인간이 그리는 무늬』라는 책을 만났습니다. 최진석 교수님은 "나는 내 욕망에 따라 살고 있는가?"라고 계속해서 물음을 던지시더라고요. 바람직하고 해야 하는 일이 아닌, 내가 하고 싶고 좋아하는 일과 내가 바라는 일이 무엇인지 물으셨어요. 나라는 사람은 내면의 목소리에 귀를 기울인 삶을 살고 있는지도 물으셨습니다.

밖으로만 향해 있던 눈을 본인의 내부로 돌려놓고, 자신의 욕망을 들여다보라고 말해 주시더군요. 집단적 기준에 의해 자기가 분열되지 않게 자기 자신을 믿고 스스로를 긍정하라면서요. 읽자마자, 왈칵 눈물이 쏟아졌습니다. 제 마음을 알아주는 것만 같았거든요.

"지금 네가 방황하며 끊임없이 너를 찾으려 노력하고 있는 그 과정들이 헛된 것이 아니란다. 너는 잘 하고 있어."

위로해 주고 제 마음을 토닥여 주는 것만 같아서 울컥했습니다.

최근에 저는 제가 정말 좋아하는 것이 무엇인지, 정말 원하고 바라는 것이 무엇인지에 관해서 끊임없이 저 자신에게 물어보고 있습니다. 수동적으로 모든 것을 받아들이는 '마침표'의 삶이 아니라, '물음표'의 삶을 살고 있는 거지요. 사회에서 말하는 바람직하고 그럴듯하며 해야 할 것 같은 '틀'에서 벗어나 제가 정말 좋아하는 것들을 찾아서 시도해 보고 있어요.

다른 사람들이나 사회에서 만들어 놓은 기준에서 바람직하고 행복한 삶 말고요. 제가 바라는 행복한 삶을 찾아가고 있는 거지요. 그렇게 먼저 시작한 것이 피아노였습니다. 피아노를 다시 치게 된 지 이제 1년이 넘어가고 있고요. 글을 다시 쓰기 시작했습니다. 그리고 좋아하는 책들을 즐겁게 읽고 있습니다.

제가 좋아하는 것, 정말 잘 할 수 있는 것, 원하는 것이 무엇인지 제대로 알고 싶어서 여성능력 개발 센터에서 하는 진로 코칭 프로그램에도 참여해 보고, 상담도 받아 보았습니다. 먹고 싶은 것이 있으면 찾아가서 사 먹고, 하고 싶은 것이 있으면 고민하지 않고 해 보고 있습니다.

'이걸 해도 될까?' 하는 고민으로 주저하지 않고, 저의 욕구에 충실한 삶을 살아보고 있어요. 내가 '해야만' 하는 것들, 그리고 '해야만' 하기 때문에 응당 따라오게 되는 '해야만' 하는 생각과 고민은 잠시 접어 두고요. 하고 싶은 것들을 해 보고 있습니다. 그래서 지금 저는 무척 행복합니다. 일하는 동안 43kg까지 줄어들었던 몸무게가 다시 제자리로 돌아왔습니다.

　나의 욕망에 집중한다는 말은 나를 다시 채운다는 의미입니다. 주변 사람들이나 사회에서 우리에게 기대하는 '해야만 하고, 바람직하며, 그럴듯'한 것을 하느라 뒷전에 두었던 나를 다시 돌보아야 합니다. 내가 하고 싶고, 좋아하는, 내가 바라는 것들을 하며 다시 나를 차곡차곡 채워야 합니다.

　나를 나로서 존재하게 하는 것, 나 자신을 오로지 나 자신이게 하는 것은 바로 내 욕망에 충실히 사는 것입니다. 삶의 동력은 자기 자신만의 고유한 욕망에서 힘을 받거든요. 스스로 설 수 있는 힘은 바로 내가 내 자신을 사랑하고 믿으며, 나의 욕망에 충실할 때 비로소 나올 수 있습니다.

04

긍정에 주파수를 맞춰요

—

가수 장기하 님은 특정 부위가 이상하게 긴장되는 병인 국소성 이긴 장증이라는 병을 가지고 있었습니다. 15년 전 록밴드에서 드러머로 활동하던 시절 프로 드러머가 되고 싶다는 꿈을 가지고 있어, 군복무도 군악대로 지원하려고 했답니다. 그런데 연습만 하려고 하면 본인의 의지와는 상관없이 왼손이 꽉 쥐어지는 증상이 나타나 버리는 바람에 포기하게 되었답니다.

치료법도 없었고 상태가 호전될 기미도 보이지 않아서 군악대도 프로 드러머의 꿈도 다 버렸습니다. 당시에는 미쳐 버릴 것 같았지만, 부정적인 마음은 접고 바로 마음을 고쳐먹었다고 해요. 프로 드러머는 멋있는 음악을 하는 뮤지션의 길과는 머니까, 오히려 잘된 일이라면서요. 그렇게 마음을 먹고 일반 부대에 입대해서 곡들을 짬짬이 만들었답니다.

제대 후 멋있는 뮤지션이 되기 위해서 '장기하와 얼굴들'을 결성했습니다. 군복무 때 만든 곡으로 밴드 활동을 한 지 1년도 되지 않아서 유명해졌지만, 왼손에 힘이 들어가는 현상이 기타를 연주할 때 또 나타나기 시작했습니다. 왼손으로 기본적인 연주조차 할 수 없으니, 짜증이 치밀고 절망스러웠답니다. 그러다가 증상은 심해져서 기타 연주에만 국한되어 나타난 것이 아니라, 일상 전반으로 퍼져 나가서 왼손을 써야 하는 일은 모두 쉽게 할 수 없게 되었답니다.

장기하 님은 자신의 10년을 되돌아보니, 이 병에 걸린 것이 꼭 나쁜 일만은 아닌 것 같았대요. 프로 드러머의 길을 포기하는 바람에 '장기하와 얼굴들'을 시작할 수 있었고요. 기타 연주를 포기하는 바람에 새 기타리스트 형을 영입할 수 있었고요. 기타 연주를 포기하는 바람에 무대에서 악기 없이 자유롭게 퍼포먼스를 할 수 있게 되었기 때문이지요. 그리고 왼손 증상도 조금씩 좋아져서 지금은 일상생활에서는 인지하지 못할 정도로 좋아졌다고 합니다.

자신에게 찾아온 상황에 절망하여 비관적인 면을 보기보다 그 안에서 긍정적인 면을 찾아 앞으로 나아가려 노력했네요.

장기하 님의 『상관없는 거 아닌가?』 수필집에서 괴로운 상황이 오면 받아들이고 새로운 상황에 맞춰 새로운 계획을 세웠더니 그전에는 상상도 못 했던 다른 길이 열렸다는 부분을 읽자마자, 바로 다음의 문장이 떠올랐습니다.

"자극과 반응 사이에는 빈 공간이 있다."

오스트리아 출신의 정신과 의사이자 심리학자인 빅터 프랭클 박사가
『죽음의 수용소에서』라는 자신의 책에 쓴 유명한 말이지요.

빅터 프랭클은 유태인 학살을 목적으로 만든 아우슈비츠라는 죽음의
수용소에서 약 7개월 동안 갇혀 있었습니다. 작은 감방에서 발가벗겨진
채로 갇혀 있기도 하고 아버지, 어머니, 동생, 아내까지 죽임을 당하는
상황에까지 마주하게 됩니다.

가족들이 죽임을 당하고 옆의 사람들이 하나, 둘씩 죽어가는 상황에
서도 빅터 프랭클은 미래에 대한 희망을 품고 살고자 노력했습니다. 나
치가 모든 것을 앗아가도 자신의 마음을 가져가거나 지배할 수는 없다
고 생각하면서요.

그는 아우슈비츠 강제 수용소를 포함한 네 군데 수용소에서 3년간의
가혹한 세월을 버티고 끝까지 살아남아서, 자신의 경험을 바탕으로『죽
음의 수용소에서』를 썼습니다. 어떤 상황에서도 삶은 잠재적인 의미를
가지고 있다는 메시지를 전달하고 싶었답니다. 절망에 빠진 사람들에
게 희망을 주어야겠다는 마음 하나로 책을 출판했다고 해요. 살아남는
것도, 책을 쓰는 것도 긍정성에 자신의 마음을 맞추지 않았더라면 가능
하지 않았던 일입니다.

그는 나치가 모든 것을 통제하고 고통을 주더라도 스스로 결정할 수
있는 '자유'를 빼앗을 수 없다는 것을 깨달았습니다. 극한 상황일지라도
희망을 잃는 것은 어둠에 항복하는 것과 같다고 하며 "자극과 반응 사

지금 행복해질 너에게

이에는 빈 공간이 있다."라는 유명한 말을 남겼습니다.

우리에게 주어진 자극, 주어진 환경, 이미 일어난 일은 바꿀 수가 없습니다. 그러나 주어진 환경에서, 주어진 자극에 우리가 어떻게 반응할 것인가는 전적으로 우리에게 달려 있습니다. 자극과 반응 사이에 주어지는 그 빈 공간에서 부정성에 우리를 맞출 것인지, 긍정성에 맞출 것인지는 오로지 우리의 선택에 달렸지요.

마음 상태 분석(SOM, State of Mind) 모형을 연구한 피츠버그대학의 심리학 교수 슈워츠와 개러모니에 따르면 이상적인 긍정적 자동적 사고와 부정적 자동적 사고의 균형비는 약 1.61:1이라고 합니다. 우리가 흔히 알고 있는 황금분할 비율과도 유사하지요.

그 누구도, 아무리 긍정으로 무장한 사람이라 할지라도 마음속에서 자동으로 올라오는 생각들이 100% 긍정적일 수는 없다는 말입니다. 살아가면서 어떻게 매일 긍정적인 생각만 떠올릴 수 있겠어요? 하루하루가 늘 즐겁기만 하고 내 주위의 모든 것들이 항상 긍정적으로만 보인다면, 그것 또한 부자연스러운 일이지요.

마음에서 부정성이 올라오면, 부정적인 생각을 두려워하거나 위험한 것이라고 간주하기보다는, '아, 올바른 방향으로 나를 이끌어 주려는 신호인가?'라며 긍정적인 신호로 받아들이는 것도 좋은 방법입니다. 부정적인 감정이나 생각이 올라온다면, "왜 이런 감정이 올라온 걸까? 왜 이런 생각이 올라온 걸까? 안 돼! 안 돼!"라며 부정적인 감정이나 생각을 억누르기보다는, 변화와 성장의 기회로 받아들이는 거지요.

　저는 '브런치'라는 온라인 공간에 매주 글을 연재하고 있습니다. 브런치 작가로 신청하기까지 수십 번 망설였지요. "조용히 쉬다가, 다시 교사로 복직하면 되잖아. 살던 대로 살면 되지 왜 변화를 주려고 해?"라고 하는 부정적인 마음과 "새롭게 도전해 보는 건 좋은 거야. 하고 싶으면, 새롭게 이것저것 시도해 봐."라고 하는 긍정적인 마음이 제 안에서 끝없이 충돌했거든요. 작가로 합격하고 나서도 긍정적인 마음과 부정적인 마음의 충돌은 계속되었습니다.

　브런치 작가로 신청하려면 앞으로 어떤 주제로 글을 연재할지 대강의 목차와 제목을 올리게 됩니다. 신청서를 작성할 때 제가 올렸던 주제가 '나를 찾아가는 과정'에 관한 것이었습니다. 그래서 제목도 '어느 날 내가 보이기 시작했다'였지요.

　과거에 겪었던 일 중 제 삶에서 가장 어려웠던 시기와 제가 극복해 나갔던 과정에 대해서 글을 써서 올리면, 저와 비슷한 일을 겪었던 분들에게 힘이 되지 않을까 싶었거든요. 그런데 또 한 번 제 마음속에 긍정적인 마음과 부정적인 마음이 충돌했습니다.

　연재를 찬성하는 긍정이와 연재를 반대하는 부정이가 함께 등장한 거지요. "그냥 살던 대로 조용히 지내지, 다른 사람들 다 보는 브런치에 글을 왜 적으려고 마음먹어서 이 고생을 하려는 거야? 하지 마."라는 부정적인 마음과 "글 쓰는 걸 좋아하니 브런치 연재 신청한 건 좋은 거지. 지나온 과거를 정리하면서 미처 알지 못했던 배움이 있을 수도 있는 거고. 네가 글을 계속 써 나가는 데 도움이 될 거야. 계속 써 봐."라는 긍정적인 마음이 충돌했습니다.

부정적인 마음이 하는 말도 아예 틀린 말은 아니라서 무시가 되지 않더군요. 새로운 분야에서 무언가를 새롭게 시작하려고 마음먹을 때마다 마음속에는 저항이 왔습니다. 제가 부족한 것 같고, 괜한 걸 시작했나 싶고, 내 부족함이 다 드러나면 어쩌지 하는 두려움이 저를 가로막곤 했습니다.

그런데 바꾸어 생각하면 이런 부정적 자극도 결국에는 긍정적 자극과 같은 겁니다. 결국에는 나 자신을 더 성장시켜 주기 위한 것이니까요. 그래서 『미치도록 나를 바꾸고 싶을 때』에서 안성헌 님은 "부정적인 자극은 긍정적인 자극과 같다. 단지 지금 나의 눈에만 그렇게 보이지 않는 것일 뿐."이라고 하시더라고요.

내 마음을 불편하게 하고, 지금 하려는 일을 방해하려고 하는 듯한 부정적인 자극을 만났다는 것은 내가 지금 가려고 하는 방향이 옳은 방향이라는 것을 반증하는 것일 수도 있습니다. 도약하려면 장애물을 뛰어넘어야만 한다는 말이 그냥 생긴 말은 아닐 테니까요. 매우 큰 장애물을 만났다는 의미일 수도 있거든요.

부정적인 마음이 올라오더라도 우리는 마음의 방향을 스스로 조절할 수 있습니다. 우리는 스스로 조절할 수 있는 힘을 가지고 있는 존재니까요. 부정적인 감정을 긍정적으로 바라볼 수 있는 에너지를 가지고 있습니다. '나'라는 존재에 대해 마음속 깊은 곳에서부터 긍정하고 있다면, 잠시 올라오는 부정적인 생각과 감정들도 나를 올바른 방향으로 이끌어주는 신호로 여겨 잘 사용할 수 있습니다.

삶에 대한 기본적인 시선은 긍정으로 유지하되, 부정이 올라오더라도 아예 무시하거나 두려워하지 않기로 다짐하는 것이죠. 그렇게 긍정에 주파수를 맞추어 보는 겁니다. 자극과 반응 사이에 있는 빈 공간에서, 우리가 부정에 주파수를 맞출 것인지 긍정에 주파수를 맞출 것인지는 전적으로 우리에게 달려 있으니까요.

05

보통의 선택은 위험해

—

혹시 '포모 증후군'이란 말을 들어 본 적이 있으실까요? 포모(FOMO: Fear of Missing Out)는 Fear of Missing Out에서 첫 글자를 따서 FOMO라고 하는데요. 소외되는 것에 대한 두려움을 뜻하는 용어입니다. 다른 사람들이 뭐 하는지 너무 궁금해서 수시로 SNS를 확인하고, '혹시나 내가 유행에 뒤처져 있는 건 아닐까?', '나만 시대에 뒤처져 있는 것이 아닐까?', '나만 모르는 것이 아닐까?' 하며 두려워하는 그 모든 감정이 포모입니다.

자신만 뒤처지고 기회를 잃는 건 아닐까 두려워 자신이 판단하지 않고 다른 사람들이 다 하는 선택을 그대로 따라 하게 되는 거지요.

유행하는 아이템은 나도 가지고 있어야 하고, 다른 사람들이 다 가본 곳에는 나도 가봐야 하며, '매진 임박'이라고 적혀있는 상품들은 다들 구매한 것이니 나도 구매해야 한다는 불안감에 사로잡히게 되지요.

결국 그러다 증상이 심해지면 언젠가, 어딘가에 더 좋은 선택지가 있을지도 모른다는 두려움이 들게 되고요. 자신의 힘으로는 아무것도 결정하지 못할뿐더러 자신의 결정을 믿지 못하게 되는 두려움, 즉 FOBO(Fear Of Better Options)로 이어질 수도 있습니다.

유행에 좀 뒤처지면 좀 어때요. '세상 모든 것에 소외되지 않아야겠다. 다수에서 소외되지 않아야겠다. 내 결정은 못 믿겠으니, 다수를 따라야겠다.'라는 생각만큼 어리석은 생각은 없는 것 같아요. 하지만, 어리석은 줄 알면서도 하게 되는 것이 또 사람의 심리가 아닌가 싶습니다.

요시타케 신스케 작가가 말한 '보통의 선택'의 위험함에서도 그런 심리를 엿볼 수 있어요.

일러스트레이터이자 동화 작가인 요시타케 신스케는 『나만 그런 게 아니었어』에서 보통의 선택에 관해 이렇게 이야기하더군요. 무언가 선택하는 것이 어려워서 무심코 '일반적인' 것을 묻게 된다고요. "다들 보통 어떻게 하나요?" 하고요. 계속 그러다 보면 먼 훗날 '직접 생각하지 않은 죄'로 지옥에 떨어져서 '네가 갈 지옥을 선택하라'라는 도깨비의 말에도 똑같은 소리를 하게 될 것 같답니다. "다른 망자들은 보통 어디로 가나요?" 물으며 말입니다.

여러분은 선택해야 하는 상황에서 어떻게 행동하시는지요? 생각해 보니, 저도 이제껏 요시타케 신스케가 이야기한 것처럼 '보통의 선택'을 해 왔더라고요. 다수의 선택을 따랐던 거지요.

저 역시 무언가 선택하는 것이 어려울 때는 무심코 '일반적인 것'을 물어봤습니다. 음식점에 가서도, 메뉴판에서 제가 먹고 싶은 음식을 먼

지금 행복해질 너에게

저 찾아보기보다는 "다들 보통 뭘 많이 먹나요?"라고 물어보았고요. 신발을 사러 가서도, "다들 보통 무슨 색을 선택해 가시지요?" 하고 물었습니다.

옷을 사러 가서 마음에 드는 디자인의 옷을 발견했더라도, "이 옷, 사람들이 많이 찾나요? 다들 보통 무슨 색을 사가시던가요?"라고 물어보았습니다. 심지어 차를 사러 갔을 때도, "무슨 색이 가장 인기가 많나요? 보통 무슨 옵션을 많이 선택하나요?" 하고 물으며 제가 한 선택과 보통의 선택을 비교했습니다. 제 선택과 보통의 선택이 일치하면 안심하며 그걸 골랐고요. 그렇지 않으면 다시 생각해 보았습니다. 그리고는 가장 일반적인 선택을 따랐지요.

한 번은 배우 김남주 립스틱이 유행한 적이 있었어요. 도회적인 느낌이 강한 김남주 씨가 자신이 주연한 드라마에서 아주 진하고 밝은 분홍색 립스틱을 바르고 나왔는데요. 그 뒤로 '김남주 립스틱'이라며 완판행진을 이어갔습니다. 때마침 저도 립스틱이 필요했습니다. 그래서 저에게 어울리는지는 생각하지도 않고 백화점 화장품 매니저분에게 "요즘 유행하는 김남주 립스틱 주세요."라고 했지요.

집에 와서 발라봤더니 아뿔싸! 저의 실수였습니다. 제 피부 색조와 어울리지 않아서 입술만 동동 떠 보이는 겁니다. 많은 사람들의 추종을 받아 널리 퍼진 유행을 그대로 따르는 것이 아니라, 저에게 어울리는 것을 직접 골라 선택해야 했는데요. 스스로 생각하지 않고 다른 사람들의 선택에 맡긴 결과였지요.

제가 그동안 왜 그랬을까 생각을 해 보았습니다. 뭐든지 스스로 직접 선택하는 습관을 길러야 하는데, 저는 일단 제 선택에 대한 확신이 없었습니다. 선택한 것에 대한 책임을 오롯이 혼자 짊어진다는 것이 겁이 났습니다.

항상 후회하지 않을 만한, 가장 좋고 괜찮은 선택을 해야 한다는 전제가 늘 제 마음속에 자리잡고 있었기 때문이지요. 경험해 본 것에 대해서는 덜 했지만, 경험하지 않은 것에 대해서는 더더욱 일반적인 선택을 따랐습니다.

경험하지 못한 것들, 새로운 것들에 대해서는 두렵고 겁이 나기도 해서 저의 판단이 옳은 건지 확신하지 못했습니다. 그래서 일반적인 선택을 따라가면 위험 부담이 적고, 안전하리라 생각했던 거지요. 그렇게 하던 것에 익숙해져서 스스로 생각하지 않고, 때로는 생각하기 귀찮아하며 '가장 일반적이고 보통의 것'을 계속 따라갔던 거구나 싶었습니다.

또 다른 이유는, 무리에 묻혀 숨어 튀어 보이고 싶어 하지 않은 제 성격 때문이기도 했습니다. 제 시선과 안목이 '보통의 사람들'의 그것과는 달라서 혹시나 저만 튀어 보이게 되면 곤란하다고 생각했거든요.

그런데 가만히 생각해 보면, 우리가 가장 일반적이고 보통의 것으로 생각하며 따랐던 그 보통의 선택도 맨 처음에는 누군가가 혼자 선택한 결과입니다. 용기를 낸 누군가의 선택을 계속해서 다른 사람들이 뒤이

지금 행복해질 너에게

어 따르는 바람에 보통의 선택이 되어 버린 거지요.

그러니 나 스스로 한번 과감하게 선택해 봐도 됩니다. 선택한 후에 선택이 가지고 오는 결과에 대해서는 두려워하지 않고 받아들이면 되는 거니까요.

다른 사람들이 좋아하는 것과 제가 좋아하는 것이 다르다고 해서 문제가 될 것이 있을까요? 본인이 직접 선택하거나 결정하지 못하고 다수의 결정을 따르는 것이 습관이 되어 버리면 결국 나중에는 '직접 생각하여 선택'하는 행위를 미뤄 버린 대가를 톡톡히 치르게 될지도 모릅니다.

아주 작은 선택이라도 과감하게 본인의 의지대로 해보는 겁니다. 세상 모든 것을 다 아는 사람은 없습니다. 다른 사람들에게 괜찮다고 해서 나에게도 괜찮다는 보장도 없습니다. 그러니 나 자신을 가장 잘 알고, 가장 사랑하는 내가 한 선택을 한 번 믿어 보는 겁니다.

결과를 예측할 수 없다 하더라도 과감하게 내가 선택해 보는 경험은 그 자체로 의미가 있습니다. 설사 그 선택의 결과가 조금은 부족하거나 실망스러워도 괜찮습니다. 우리는 인간이기에 항상 괜찮은 선택을 할 수는 없는 법입니다. 때로는 그런 선택을 통해, 배우기도 하고 선택의 안목을 기를 수도 있습니다.

저는 요즘 확실하지 않으면 도전하지 않았던 성격에서 벗어나 마음이 조금이라도 동하면 한 번 과감하게 선택해 보는 연습을 해 보고 있습니다. 보통의 선택이 아닌 제 의지가 바탕이 된 과감한 선택이요.

'지금껏 살아온 모습대로 살기' vs '지금껏 살아온 모습과는 다르게 살아보기' 중에서 지금껏 살아온 모습과는 다르게 살아보기를 과감하게 선택했고요. 그 선택을 시작으로 진로 탐색 프로그램에도 참여하게 되고, 블로그에도 글을 쓰기 시작했습니다.

'글만 쓰며 내가 살던 세상에서 고요히 살기' vs '글 쓰는 사람들 모임에 들어가 보기' 중에 글 쓰는 분들의 모임에 들어가 보기로 선택했습니다. 그래서 다양한 직업군에 계신 분들과 소통하며 새로운 세상을 간접 경험하고 있고요. 저의 세계를 넓히며 글을 쓰고 있습니다. 우물 안 개구리였던 제가 다양한 분을 만나며 제 사고와 경험이 확장된 건 덤이었지요.

나 자신의 안목을 믿고 내가 마음이 끌리는 것, 내게 좋아 보이는 것들을 과감하게 선택해 봅니다. 선택에 대한 책임은 내가 지면 되는 거니까요. 썩 괜찮은 내가 선택한 것들이 괜찮지 않을 리가 없습니다. 어떤 결과가 오든 간에, 분명 저에게 도움이 될 것이 분명합니다.

여러분 자신을 한 번 믿어보세요. 그렇지 않으면, '직접 생각하지 않은 죄'로 지옥에 떨어져서까지 내 선택이 맞는지 고민하며 '보통의 선택'을 묻고 있던 요시타케 신스케 책의 주인공이 될지도 모릅니다.

생각만 해도 아찔하지 않으신지요? 포모(FOMO, Fear of Missing Out)에서 포보(FOBO, Fear of Better Options)를 거쳐 급기야 자신의 정체성을 잃어버리게 되는 포로(FOLO, Fear of Losing Ourselves)가

지금 행복해질 너에게

되진 말아야지요. 그렇게 되지 않기 위해서라도, 아주 작은 것부터 스스로 선택하는 습관을 조금씩 길러 보는 건 어떨까요?

06

글쓰기로 멘탈 근력 키우는 중

—

원체 부서지기 쉬운 유리멘탈의 소유자인 저는

특유의 소심함 때문에

사소한 일에도 마음이 쉽게 꺾이고 맙니다.

그러니까 말이죠,

'세상은 어떻게 바라보는가에 따라 재미있을 수 있어.'

'아직 구원의 여지는 있는 법이야.' 등등

하루하루 스스로를 일으켜 세울만한 무언가가 필요했어요.

뭐랄까, 멘탈의 근력을 키우기 위한 일종의 재활 훈련 같은 것이지요.

요시타케 신스케는 『예민 보스의 마음 재활 훈련, 섬세한 체조』에서 이와 같이 말했습니다. 유리처럼 쉽게 부서지는 자신의 멘탈 근력을 강화하기 위해서, 스케치하고 동화책을 쓰고 있다고 말입니다. 저 역시 사소한 일에도 마음이 쉽게 꺾이는 깨지기 쉬운 유리멘탈을 가지고 있었습니다. 그래서 요시타케 신스케 작가처럼 좋아하는 무언가를 찾고

지금 행복해질 너에게

있었고요. 그 무언가로 스스로를 일으켜 세울 수만 있다면, 그것만큼 좋은 것은 없겠다 싶었습니다.

그러다 찾았습니다. 저에게는 바로 글쓰기였습니다. 어릴 때부터 저는 말보다 글이 편했습니다. 일기장에 일기를 쓰는 것도, 다이어리에 제 마음을 끄적이는 것도, 책을 읽고 좋은 구절을 기록해 놓는 것도 다 좋아했습니다. 읽고 쓰는 건 뭐든지 다 좋아했거든요.

듣는 사람을 앞에 두고 말하는 건 상대방의 기분과 감정을 신경 쓰느라 마음속에서 필터가 작동해서 주저할 때가 많았지만, 글로 쓰는 것은 어렵지 않았습니다. 특히나 읽는 사람 없이 혼자서 끄적이는 건 더 편했지요. 그래서 시간이 날 때마다 여기저기에 글을 적어 놓았습니다.

저는 사람들 앞에서 말을 한 번 하려고 하면, 로딩이 오래 걸렸어요. 예전에는 그저 제가 부끄러움이 많은 내향인이기 때문에 그런 거로 생각했습니다. 그런데 그런 단순한 이유 때문만은 아니었더라고요. 첫째로 저는 머릿속에 생각이 너무나도 많았습니다.

생각을 한번 할라치면, 연달아 꼬리에 꼬리를 물고 수십 가지, 조금 과장해서, 수백 가지 생각들이 튀어나왔습니다. 그 많은 생각 중에 하나를 골라내는 것이 정말 어렵더라고요. 그리고 그 많은 생각들을 잘 정리해서 다시 정제된 언어로 꺼내어 표현한다는 것도 어려웠습니다.

다른 사람들의 시선과 말에 신경을 많이 썼기 때문에 말하는 것이 망설여지기도 했습니다. 처음부터 그랬던 건 아니었는데요. 고등학교 때 친한 친구들에게 따돌림을 받은 이후로 뭔가 말을 해야 할 때마다 다른 사람들이 오해하지 않을까 싶어서 망설이게 되더라고요. 말하기를 주저하기 시작했습니다.

말하기 전에 그 많은 생각들을 잘 정리해야 했고, 사람들에게 오해를 살 만한 부분은 없는지도 검열해야 했습니다. 마지막으로 부끄러움의 감정을 뚫고 말해야 했으니, 한 번 말할라치면 다른 사람들보다 훨씬 로딩이 오래 걸렸던 거지요.

그런데 한 가지 모순적인 것이 있습니다. 저처럼 생각이 아주 많은 사람들은 생각이 머릿속에만 머물고 있으면 어느 순간 '뻥' 하고 터질 것만 같고 답답한 기분이 든다는 겁니다.

감정도 마찬가지입니다. 미처 말하지 못하고 안에 쌓여 있던 생각들과 감정들이 원체 많았다 보니 어딘가로 분출하고 싶은 욕구가 시시때때로 올라왔습니다.

그래서 쉬는 동안 곰곰이 생각을 해 봤습니다. 무슨 방법이 없을까 생각해 보다가, 제가 좋아하는 글을 써 봐야겠다는 마음이 들더군요. 상담을 받으러 갔을 때 상담사님도 그러시더라고요. 글을 써 보라고요. 내향인들은 말보다 글이 훨씬 편하니, 마음속에 있는 것들을 남김없이 써 보면 그것 또한 스스로 치유할 수 있는 방법이라고 권해주셨습니다.

남편도 저는 글을 잘 쓰니 쉬는 동안 블로그에 글을 한번 써 보라고 했습니다. 따뜻한 글도 써 보랍니다. 저는 원래 사람들의 감정에 공감

지금 행복해질 너에게

도 잘하고 섬세하고 따뜻한 사람이니, 따뜻하고 감동을 주는 글을 잘 쓸 거라면서요.

간절히 무언가를 바라면, 바라는 무언가를 이루기 위해 온 우주가 도와준다는 이야기가 있지요? 저는 그것이 바로 글쓰기였나 보더라고요. 저의 내면에서 글을 쓰고 싶다는 욕구가 일렁이니, 주변에서 모두가 글을 쓰라고 응원해 주는 기분이었습니다.

블로그 글쓰기부터 시작했습니다. 처음에는 그것 또한 쉽지 않았어요. 마음을 드러낸다는 것이 익숙하지 않았던 저라 다른 사람들이 다 보는 블로그에 글을 써서 발행한다는 것이 겁이 났습니다. 그래서 처음엔 책을 읽은 내용을 정리해 보기도 하고, 가벼운 일상 이야기로 글을 썼습니다. 그러다가 조금씩 용기가 나더라고요. 그래서 두려움과 나약함이 앞서 밖으로 내어놓지 못한 말들, 마음속에 쌓여 차곡차곡 쌓여 있었던 감정들을 조금씩 글로 풀어나갔지요.

그랬더니 일종의 해방감마저 느껴지더군요. 숨기고 묵혀 놓았던 과거와 그때의 감정들을 다시 마주 보기가 겁이 났지만, 글로 조금씩 토해내고 나니, 과거의 저를 지금의 제가 안아 줄 수도 있게 되었어요. 지금의 제가 미래의 저를 응원해 줄 수도 있게 되었습니다.

저처럼 말하지 못하고 제 생각과 감정들을 안으로만 차곡차곡 쌓아 놓으신 분들, 자신에게 집중하지 못하고 다른 사람들의 말과 행동에 이리저리 휘둘리며 자기 자신을 찾지 못해 힘들어하시는 분들께 위로와 용기를 드리고도 싶어졌습니다.

글을 쓰면서 하나하나 새롭게 알아가게 된 것들도 있었습니다. 글쓰기 전에는 제 안에서 얽히고설켜 풀리지 않고 있던 복잡한 감정과 사건들이 글로 쓰는 순간 조금씩 풀리는 느낌이었습니다. 제 안에 무형으로 복잡하게 떠다녀 답답하기만 했던 것들을 글이라는 정제된 형태로 밖으로 끄집어내니, 답답했던 제 마음도 정리가 되는 느낌이었고요. 조금은 멀리 떨어져서 제 마음과 사건들을 관찰할 수도 있게 되었습니다.

제 안에 있던 생각과 감정들을 끄집어내어 글로 표현해서 해방감을 맛보았고요. 그와 동시에 제가 쓴 글을 제가 다시 읽어 보면서 스스로 성찰하는 과정도 거치게 되었습니다. 자책할 상황이 아닌데 스스로 자책하던 버릇도 글을 쓰면서 점점 고치게 되었습니다.

표현하지 않으면 오해받을 수도, 오해하게 될 수도 있으니 조금씩 저의 방법으로 표현해야 한다는 것도 글을 쓰면서 다시 한번 깨닫게 되었습니다.

하루도 빠짐없이 글을 썼고, 하루도 빠짐없이 글을 쓰고 있습니다. 매일의 글쓰기를 통해 저의 멘탈이 서서히 바뀌고 있음을 느낍니다. 다른 사람들의 말과 행동에 신경을 쓰며 외부의 기준에 늘 저를 맞추려고 했던 제가 글쓰기를 통해 다른 사람들의 목소리가 아닌 저의 내면에 집중하기 시작했습니다.

마음 깊은 곳에서 올라오는 소리에 귀를 기울이려고 노력했어요. 제 마음에 집중하여 글을 쓰다 보니, 중요한 것은 외부의 시선이 아니라는 것을 깨달았습니다. 바로 내가 나를 어떻게 생각하는지, 내 마음이 어느 방향을 향해 있는지가 더 중요하다는 것을 알게 되었습니다.

저에 대한 믿음도 차오르더군요. 글을 쓴다는 것 자체가 나 자신을 깊게 들여다보고 성찰하는 작업이기에 글을 쓰면서 점점 자신에 대한 애정이 깊어지고, 마음이 단단해지는 것은 어찌 보면 당연한 일이었습니다. 제가 소중해지니 저와 연결된 다른 사람들도 모두 소중해졌습니다. 저를 아껴 주기 시작하니 주변을 돌아보고 진심으로 사랑하는 마음을 담아 아껴 줄 수 있게 되었습니다.

여전히 저는 멘탈 근력을 키우는 중입니다. 지금도 가끔 한없이 작아질 때가 있고, 저 스스로를 자책하게 되는 순간도 있습니다. 가끔 동굴에 들어가 숨고 싶을 때도 있고요. 그렇지만 예전보다 훨씬 빨리 일어서고, 부정적인 마음을 털어 냅니다. 글을 쓰면서 저의 회복 탄력성이 좋아지고 있는 거지요.

멘탈 근육을 키우기 위해 불안한 마음을 연필로 끄적여보던 요시타케 신스케 작가처럼, 저도 글로 한 번 끄적여 봅니다. 글을 쓰면서 마음이 무너지기도 하고 때로는 제 부족함이 드러날까 두려울 때도 있지만, 쓰지 않을 수 없어서 또 씁니다.

운동을 반복하는 동안 우리 몸의 근육이 찢어졌다 붙기를 반복하며 단단해지는 것처럼, 글을 쓰는 동안 제 마음 근육도 무너졌다가 다시 차올랐다 반복하며 더 단단해지길 바라면서요.

07

햇빛에 비치면 먼지도 빛나더라

───

나무든 사람이든 한 계절의 모습으로 단 한 번의 만남으로

전체를 판단해서는 안 된다. 그것은 공정하지도 지혜롭지도 않은 일이다.

나무와 사람은 모든 계절을 겪은 후에야 결실을 맺을 수 있기 때문이다.

마찬가지로 가장 힘든 계절만으로 자신의 인생을 판단해서는 안 된다.

겨울만 겪어 보고 무의미한 삶이라고 포기하면 봄의 약속도,

여름의 아름다움도, 가을의 결실도 놓칠 것이다.

연약한 움을 틔운 시기에는 그 연약함에 오므려 쥔 기대를 무시하지 말

아야 한다.

우리는 모든 계절을 다 품고 한 계절을 여행하는 중이기 때문이다.

어떤 계절도 지속되지 않음을 나무는 잘 안다.

꽃을 피우고 열매를 맺기 위해서는 어떤 계절도 견딜 만하다는 것을

　　류시화 님의 「꽃이 피면 알게 될 것이다」라는 2020년 다이어리에 적

혀 있던 시입니다. 이것 말고도 제 다이어리에는 희망을 가져다주는

말, 용기를 내게 하는 문구들이 가득 적혀 있습니다. 무슨 일이 그리도 많았길래 저는 해마다 다이어리를 이런 용기 나는 말들로 가득 채워 놓았던 걸까요?

그해, 저에게는 크고 작은 힘든 일들이 너무나도 많이 일어났습니다. 그중에서도 특히나 더 괴로웠던 일은 몸이 몹시 아프기 시작했는데, 시간이 아무리 지나도 낫지를 않는다는 거였습니다. 세상이 내내 어지러운 병이었는데요. 세상이 팽팽 돌고 어지러워서 하루하루 살아 내는 것도 고역이었습니다.

남들은 6개월에서 1년이면 낫는다는데 저는 도통 낫지를 않는 겁니다. 그런 와중에 교통사고도 났습니다. 이석증, 전정신경염, 메니에르병까지 어지러움과 관련된 병이란 병은 모두 앓고 있었는데도 겉으로 외상이 없으니, 꾀병이 아니냐는 뒷말도 들었고요. 몸도 마음도 과부하가 걸려 이제는 정말 안 될 것 같아서 직장을 쉬게 되었습니다.

그렇게 되면서 간절했던 교과서 집필의 기회도 눈앞에서 놓쳤고요. 모교의 겸임 교수 기회도 모두 다 멀리 날아가 버렸습니다.

속상한 마음이 들었습니다. 아니, 속상한 마음을 넘어선 절망감으로 어찌해야 할지를 모르겠더라고요. 연이어 일어난 나쁜 일들이 앞으로도 끊이지 않고 계속 일어나면 어쩌나 싶어 불안했습니다. 절망은 절망을 부르는 것 같더라고요. 몸이 약해지니 마음도 약해지고, 마음이 약해지니 다시 몸도 약해지는 악순환을 끊어내는 데 정말 긴 시간이 걸렸

지금 행복해질 너에게

어요.

'나 나쁘게 살지 않았는데, 왜 나에게 자꾸 이런 일들이 일어나는 거지?' 하며 절망으로 시간을 보내다가도 주변을 돌아봤습니다. 제가 매달릴 수 있는 무언가를 계속해서 찾았습니다. 계속 절망만 하고 있다가는 영영 일어나지 못할 것 같았거든요.

절망보다는 희망을 믿고 싶었습니다. 좌절하며 무너지는 순간에도, 어딘가에 숨 쉴 구멍 하나만 발견할 수 있다면 그리로 빠져나가 조금씩 희망을 쫓아갈 수 있을 것도 같았거든요.

혹시 책에는 있지 않을까 하는 마음에 책을 더 열심히 읽었습니다. 언젠가 내게 올 희망을 마음에 새기려고 좋은 글귀를 만나면 다이어리에 적었습니다. 평소에도 적는 것을 워낙 좋아하다 보니, 다이어리에는 차곡차곡 좋은 구절들이 쌓여 갔습니다.

눈물이 나면 눈물이 나는 대로 흘리며, 좋은 구절들을 되뇌었습니다.

"지금 연약한 움을 틔우는 중이야."
"나의 봄이 오고 있는 중이야."

연약한 움을 틔운 시기가 생각보다 많이 길어졌지만, 그래도 희망의 구절을 되뇌며 잘 견뎌 냈다 싶습니다. 절망보다 희망을 바라보게 했던 가족들의 따뜻한 응원도 큰 힘이 되었지요.

결국 다 지나가더라고요. 아무리 힘든 일들도 결국엔 정말 다 지나갑니다. 오래 걸리긴 했지만, 그래도 이제는 관리하면 괜찮을 정도로 건강도 많이 되찾았고요. 저를 내내 힘들게 했던, 극복하지 못할 것만 같았던 일들도 시간이 많이 지나니 조금씩 옅어져 갔습니다.

이젠 더 이상 그때를 돌아보며 절망하거나 슬퍼하지 않거든요. 다시 밝고 긍정적이었던 저로 돌아와 하루하루를 밝고 긍정적으로 살아가고 있습니다. 이제는 봄의 약속도, 여름의 아름다움도, 가을의 결실도 다 놓치지 않을 수 있을 것 같습니다.

겪어 보니 그랬습니다. 희망이 있는 한 우리는 나아갈 수 있다는 말이 진실이었어요. '건강해질 거다. 다시 좋아질 거다. 힘든 감정도 평온해질 거다.' 다짐하며, 어둠을 바라보기보다는 희망을 품으며 하루하루를 살아 내서 다행입니다.

연달아 일어난 나쁜 일들에 매몰되어서 절망에 사로잡혔다면 지금까지도 저는 계속 아팠을 겁니다. 여전히 오늘을 살지 못하고 과거에서 헤매고 있었을지도 모를 일입니다. 좋은 에너지는 좋은 에너지를, 좋은 생각은 좋은 생각을, 좋은 기운은 좋은 기운을 끌어당기게 되어 있습니다.

학창 시절에 '나도 커서 꼭 저런 사람이 되어야겠다.'라고 감동하며 읽었던 책이 한 권 있습니다. 바로 서진규 님의 『나는 희망의 증거가 되고 싶다』라는 책인데요. 서진규 님은 가난과 고난의 삶을 살았지만, 희망을 놓지 않았다며 사람들에게 희망의 메시지를 전하는 동기부여 강사입니다. 서진규 님은 경상남도 한 어촌마을에서 태어나 가방공장 여공, 골프장 식당 종업원으로 일하다가 가정부를 모집한다는 직업소개소의 광고를 보게 됩니다. 주변에서 모두 가지 말라고 말렸지만, 자신의 선택을 믿고 비행기 삯 100달러만 가지고 미국으로 떠났습니다. 거기서 만나 결혼한 한인 남편의 폭행이 계속되자, 순탄치 않은 결혼 생활을 피하려고 미 육군에 자원해서 입대했고요. 자신의 딸을 데리고 여러 나라에서 파견 근무를 했습니다.

미군에 근무하면서 대학교를 졸업하고, 마흔세 살의 나이로 하버드 대학교 석사 과정에 입학했습니다. 본인의 딸 조성아 씨 역시 미군에 입대했고 하버드대학교에서도 입학해서 하버드 동문 모녀가 되었다고 합니다. 59세의 나이로 하버드대학교 입학 16년 만에 박사학위를 받았습니다. 자신의 삶을 보고, 한 사람이라도 희망을 품게 되었으면 좋겠다는 바람으로 『나는 희망의 증거가 되고 싶다』라는 책을 쓰셨지요.

스스로 '보잘것없는 계집애'라고 생각하며 하찮은 삶을 살지도 몰랐지만 5학년 때 담임 선생님이 서진규 님의 손금을 봐 주시면서 "우리 진규는 언젠가 크게 될 사람이오. 내가 장담합니다."라고 해 주신 말씀에 희망을 품고 살아갈 수 있었대요.

그녀는 '앞이 보이지 않던 내 마음에 켜진 그 희망의 등불이 나로 하여금 희망의 증거가 되고 싶다는 꿈을 갖게 해 주었다'고 표현하더라고요. 제가 힘들 때마다 꺼내 보던 다이어리의 한 구절처럼, 서진규 님에게는 담임 선생님의 한마디가 내내 희망의 불씨가 되어 주었네요.

서진규 님은 이 책에서 주위를 둘러보면 희망과 행복의 재료들이 산재해 있음을 발견할 수 있다고 말합니다. 그것들을 자신의 삶에 어떻게 활용하느냐에 따라 꿈과 행복이 결정된다고 하면서요.

생각해 보니, 저 역시 그랬습니다. 다이어리에 차곡차곡 쌓아 가며 희망을 놓지 않으려 모은 그 좋은 글귀들이 결국에 저를 좋은 생각으로, 좋은 곳으로 이끌어 준 것이 아닐까 싶어요. 어둠 속에 있을 뻔한 저를 좋은 글귀들이 햇빛처럼 반짝거리며 저를 다시 밖으로 나올 수 있도록 이끌어 준 것이겠지요.

괴테는 "햇빛에 비치면 먼지도 빛난다."라고 말했습니다. 신도 절망하는 곳에는 나타나지 않는다고도 말했습니다. 아주 보잘것없는 티끌조차도 밝은 햇빛이 비치면 반짝거리듯, 희망이 결국 절망을 이깁니다. 밝음이 결국 어두움을 이기지요.

혹시 깊은 절망 속에서 빠져나오지 못하고 있는 분이 계신다면 꼭 들려주고 싶은 말이 있습니다. "결국엔 다 지나갑니다. 희망이 이깁니다. 희망의 끈을 놓지 마세요."

5장

하루를 온전히
살아갈 너에게

01

삶은 언제나 우리에게 기회를 주지

—

한참 박사 논문을 쓰고 있을 때, 교대 학부생을 대상으로 한 학기 강의를 맡아줄 수 없겠냐는 요청이 들어왔습니다. 하고 싶은 맘 반, 걱정되는 맘 반이었어요. 후배들을 만나서 이런저런 수업 노하우도 전해 주고, 같이 수업하면서 좋은 에너지도 주고받으면 좋겠다 싶었지요. 아직 논문 학기는 본격적으로 접어들지 않아서, 강의를 맡아도 괜찮겠다 싶었습니다.

그런데 또 한편으로는 망설여졌습니다. 왠지 저는 아직 강의를 맡을 준비가 안 된 것 같은 겁니다. 학부생들 대상으로 수업을 처음 해보는 거라 떨리기도 했고요. 학생들이 내 수업을 좋아하지 않으면 어쩌나 두려웠습니다.

어찌 되었든 논문을 끝내놓고 강의를 맡는 것이 낫지 않을까 하는 생각이 들었습니다. 고민 끝에, 죄송하지만 이번 학기는 안 될 것 같다고 말씀드렸지요. 망설이는 사이에 '기회'라는 열차가 떠나갔습니다.

학위 논문을 끝내고 졸업하자마자 강의가 들어왔습니다. 논문도 완성했고 학회와 논문 프로포절 때 이미 많은 사람들 앞에서 발표해 본 경험도 있겠다, 이제는 학부생 대상으로도 떨지 않고 수업을 할 수 있을 것 같은 자신감도 생겼습니다. 후배들에게 이론과 함께 현장 경험도 들려줄 수 있을 것 같아 설레기도 했습니다.

이번엔 해 봐야겠다고 마음먹었는데, 교감 선생님이 고개를 내저으셨습니다. 다른 선생님들과 형평성에도 맞지 않을 것 같고 교장 선생님이 제가 출강하는 걸 싫어하실 것 같다고 하셨어요.

학교에서 정상적인 수업을 다 하고 일주일에 단 하루 오후에 수업하러 가는 건데, 다른 선생님들과의 형평성이 맞지 않다니 무슨 말씀인지 이해가 잘되지 않더라고요. 교장 선생님께도 직접 여쭤본 것이 아니라서, 교장 선생님 의중을 정확히 알 수가 없었지요.

절차상 문제가 없는 일이지 않냐고 하게 해 주시면 안 되겠냐고 교감 선생님을 설득했다면 가능했을지도 모르는 일이었습니다. 그러나 서로 얼굴 붉히는 상황을 만들고 싶지 않았습니다. 복직 학교 교감 선생님께 괜히 나쁜 인상을 주지 않을까 싶어 꺼려지기도 했지요.

강의 나가게 해 달라며 자신 있게 말씀드리기도 민망하고 망설여졌습니다. 호기롭게 하고 싶다고 말씀드려놓고, 정작 제대로 못 해내면 어쩌지 싶기도 했거든요. 그래서 포기를 했습니다. 그렇게 망설이는 사이에 기회라는 열차가 또 떠나갔습니다.

업무차 교장실에 갔더니, 교장 선생님이 물으셨습니다. 왜 박사까지

해 놓고 강의를 나가지 않는 거냐고요. 당황스러웠지요. 강의 나간다고 하면 얼마든지 허락해 주겠다고 덧붙이셨습니다. 하고 싶은 마음이 있었다면 좀 더 적극적으로 기회를 잡아야 했는데 아쉬웠습니다.

하루는 출장을 다녀오는 길이었는데, 맘에 드는 아파트가 딱 보이는 겁니다. 위치가 좋아서 아이 키우기에도 좋아 보이고 정착해서 오래 살아도 괜찮아 보였습니다. 이사를 하고 싶어졌지요. 대출을 많이 내야 했지만 감당할 수 없을 정도는 아닌 것 같았습니다.

그런데 남편이 반대합니다. 대출도 많이 내야 하고 서울은 복잡해서 싫답니다. 직장과도 멀어진답니다. 며칠을 고민했습니다. 분명 괜찮은 곳 같아 남편에게 그냥 여기로 계약하자고 우겨 볼까도 생각해 봤어요.

아쉬움이 남았지만, 남편이 반대하길래 자신이 없어졌습니다. 대출금 때문에 신경 쓰느라 삶이 피폐해질 것 같다는 남편의 말을 들으니, 겁도 났습니다. 괜히 제 말대로 했다가 남편이 나를 원망하는 상황이 생기면 어쩌지 싶어 한참을 망설이다 마음을 접었습니다.

그랬더니, 집값이 천정부지로 오르기 시작했습니다. 몇 년 사이에 집값이 너무 올라 버려서, 이사를 하고 싶어도 갈 수가 없어졌습니다. 이제는 대출하기도 어렵고요. 이번에도 기회라는 열차는 망설이는 사이에 지나가 버렸습니다.

생각해 보면, 망설이다가 놓쳐 버린 크고 작은 기회들이 정말 많았습니다. 기회를 잡고 난 뒤에 달라질 제 삶의 크고 작은 변화들이 예측되지 않고 두려웠기 때문에 놓쳐 버리기도 했습니다.

우리 삶에서는 언제나 크고 작은 기회들이 옵니다. 우리에게 찾아오는 기회의 모습들은 각기 다르지만, 모두에게 기회는 공평하게 오지요. 기회라고 생각된다면 일단 잡고 놓치지 않아야 합니다.

그런데 저는 그러지 못했습니다. 될 이유를 찾아 일단 기회를 잡기보다는, '내향적이라서 안 된다. 체력이 좋지 않아서 안 된다. 부끄러워서 안 된다. 민망해서 안 된다. 준비가 제대로 안 되어서 안 된다.' 등과 같이 도전할 수 없는 수십 가지의 안 되는 이유만을 찾으며 제게 온 기회를 잡지 못했습니다.

기회는 참 예민하기도 하고 공이 많이 들어가는 녀석이기도 합니다. 기회를 알아보았다 하더라도 두려움에 잡지 못하는 경우도 있지만, 지나고 나서야 '그것이 기회였구나.' 하고 깨닫게 되는 경우도 많기 때문이지요.

에디슨의 말처럼 기회라는 것은 '평범'이라는 옷을 입고 찾아온 일처럼 보여서 눈에 띄지 않는 경우도 많고, 기회를 잡기 위해 노력도 많이 필요합니다.

허름한 옷을 입고 자신에게 찾아온 기회를 노력으로 잡아 내신 분이 있습니다. 바로 배우 김남희 씨의 이야기인데요. 김남희 씨는 드라마

지금 행복해질 너에게

〈도깨비〉에서 자신이 이미 과로사했다는 사실을 모른 채, 응급실에서 환자를 살리기 위해 애를 쓰던 의사로 등장했습니다.

아주 잠깐 등장하는 의사 역할을 사실적으로 보여 주기 위해서 3일 동안 씻지 않고 분장도 하지 않았습니다. 씻지 않아서 발뒤꿈치에 쌓인 각질까지 실제 의사의 삶처럼 현실적으로 느껴져서 촬영 감독님이 그 장면을 클로즈업해 주셨다네요. 그 이후로, 〈미스터 선샤인〉의 일본 장교 역할 등 자신에게 계속해서 기회가 주어졌다고 합니다.

"역할이 좋아야 하지 않을까? 이 아주 작은 한 장면으로 운명이 바뀔 수 있을까? 단역 배우가 뭘 바꿀 수 있겠어? 와 같은 의심이 들었지만 그래도 최선을 다했더니 바뀌더라고요. 저에게 기회가 오더라고요."라고 하던 김남희 배우의 말이 기억에 남습니다.

누구에게나 기회는 공평하게 찾아오지만, 기회를 대하는 우리들의 모습은 각기 다릅니다. 누군가는 자신에게 찾아온 기회를 놓치지 않고 꼭 잡지만, 또 누군가는 두려움으로 기회를 놓치기도 합니다. 누군가는 자신에게 찾아온 기회가 작고 하찮게 보여 잡지 않지만, 또 누군가는 최선을 다해 작은 기회를 잡고 그 기회를 더 큰 기회의 발판으로 삼습니다.

삶에서 찾아온 기회를 내 것으로 만드느냐, 만들지 않느냐는 전적으로 우리의 선택에 달려 있습니다. 그리고 그 기회는 평소 내가 노력을 하고 있어야 알아보고 잡을 수 있지요.

"준비하고 있으면 누군가는 꼭 알아보더라. 한 사람은 꼭 보더라."

김남희 씨의 말을 들으니, 그가 말한 '한 사람. 그 누군가'가 우리 삶 주변에서 끊임없이 맴돌고 있는 '기회'라는 녀석이 아닐까 싶더라고요.

저는 동화 작가이자 일러스트레이터인 요시타케 신스케를 참 좋아합니다. 저학년을 가르치면서 그림책을 활용해서 수업할 기회가 많아지다 보니, 자연스럽게 그림책을 많이 접하게 되었는데요. 그러다가 요시타케 신스케의 작품 세계에 빠진 거지요.
『이게 정말 마음일까?』,『이유가 있어요』,『도망치고 찾고』,『있으려나 서점』 등 아이들뿐만 아니라 어른들이 읽어도 좋은 동화들이 많습니다. 생각을 풀어내는 방법도 기발하고, 그의 책을 읽다 보니 제 생각의 흐름과도 비슷한 점이 많아서 요시타케 신스케 작가를 더 좋아하게 되었습니다.

요시타케 신스케도 평소 자신이 좋아하는 스케치를 계속하고 있었기에, 그의 삶 주변에서 맴돌고 있는 기회가 그를 찾아온 경우입니다.

요시타케 신스케는 직장을 다니던 시절 회사에 잘 섞이지 못해서 낙

서나 푸념 비슷한 것들을 잔뜩 그렸답니다. 어느 날 경리과 여직원이 그 메모를 보더니, "그림 완전 귀여워요."라는 칭찬을 해 주더래요. 기분이 좋아진 그는 지금까지 자신이 그린 것들을 모아서 자비로 책을 만들었답니다.

자비로 만든 책은 팔리지 않았고, 집에 쌓아 두는 것보다 주변 사람들에게 나눠 주는 것이 낫겠다 싶어서 주변 사람들에게 나누어 주었습니다. 그렇게 누군가에게 나눠 준 책 들 중 한 권이 어느 출판사 직원 눈에 띄어서 "다른 그림도 좀 볼 수 있을까요?"라는 요청을 받았고요. 마침내 『일러스트 모음집』을 정식 출판하게 됩니다. 아이들과 어른들이 모두 좋아하는 그림책 작가로 계속해서 많은 책을 출간하고 있습니다.

그분의 일화를 보며 삶은 이런 것이 아닌가 합니다. 자신이 좋아하는 것을 찾아 열심히 노력하다 보면, 우리 주변에서 맴돌고 있던 '기회'라는 녀석은 어느새 우리를 찾아옵니다. 찾아온 기회를 우리는 노력으로 꼭 붙잡으면 됩니다.

"Life opens up opportunities to you, and you either take them or you stay afraid of taking them."

"삶은 당신에게 기회의 순간을 활짝 열어 줍니다. 그리고 여러분은 둘 중 하나를 선택합니다. 그 기회를 붙잡거나, 아니면 두려워만 하거나."

미국의 유명한 영화배우인 짐 캐리가 한 말입니다. 살면서 '두려움'으로 망설이느라 떠나보낸 많은 기회는 이제 아쉬워하지 않기로 했습니다. '기회'는 자신을 알아봐 달라며, 자신을 잡으라며 끊임없이 우리 삶 주변을 맴돌고 있으니까요.

지나간 기회를 아쉬워하고만 있다가는 우리 주위를 맴돌고 있는 기회들까지 놓쳐 버릴지도 모릅니다. 우리에게 찾아온 기회는 망설임으로 놓치지 말자고요. '노력'이라는 녀석과 함께 준비하고 있다가 여러분 곁에 다가온 기회를 꼭 잡으실 수 있기를 바랍니다.

지금 행복해질 너에게

02

소중한 나를 소모하지 말기로 해요

—

저는 타고난 에너지 용량이 부족한 사람입니다. 에너지를 100% 충전해도 보통 사람만큼의 에너지가 나오지 않더라고요. 에너지 용량이 작으면 부족한 에너지를 아껴서 요리조리 잘 분배해서 써야 하는데 가지고 있는 것보다 늘 넘치게 쓰다가 방전되는 경우가 많았습니다. 에너지 총량은 작은데, 민감한 기질을 타고나서 저의 센서는 주변 자극에 예민하게 반응합니다.

쉽게 자극을 받고, 너무 많은 자극이 한꺼번에 오면 설사 그것이 긍정적인 것이라 해도 에너지가 금방 다 소진이 되었습니다. 그래서 많은 사람들과 오랜 시간 함께 보내다가 집에 돌아온 날이면, 쉽게 잠을 이루지 못했지요. 긍정적인 자극에도 그러했는데, 부정적인 자극은 말할 것도 없지요. 작은 자극에도 크게 반응해서 미묘한 변화도 쉽게 알아차리지만, 그만큼 에너지 소진량도 많아 쉽게 피곤해졌습니다.

욕심도 많아서 '뭐든지 열심히 잘해야 한다'는 생각이 강했습니다. 저에게 주어진 다양한 역할에서도 최선을 다해야 한다고 생각했고, 저와 연결된 모든 관계도 소홀함 없이 잘 챙겨야 한다고 생각했습니다. 손도 엄청 작으면서, 그 작은 손안에 그 많은 것들을 다 움켜쥐고선 놓고 싶지 않아 했습니다.

모든 것에 다 신경을 쓰려 하다 보니, 안 해도 될 쓸데없는 걱정들로 제 에너지를 낭비하기도 했지요. 저와 연결된 모든 관계에 신경을 쓰고 관계에서 파생되는 모든 역할에 집중하다 보니, 정작 나 자신에게 중요한 것에 집중하여 쓸 에너지가 부족해졌습니다. 한마디로 저를 소모하는 삶을 살았네요.

그중에서도 가장 문제는 누군가가 나를 필요로 하면 언제든 나의 시간을 내어줄 수 있어야 한다고 생각했던 겁니다. 상대가 누구든 간에, 다른 사람들이 저를 필요로 할 때면 제가 가진 에너지가 충분하지 않더라도 하던 일을 제쳐 두고라도 도와주려고 했습니다. 저와 연결된 모든 사람에게 매 순간 최선을 다해야 한다고 생각했기 때문이지요.

소중한 가족이니까 무엇보다 우선해야 한다고 생각했고요. 친구와 동료들에게도 나쁜 인상을 주지 않고 원만한 관계를 유지하는 것이 저에게는 더 중요했습니다. 그래서 당장의 하던 일은 멈추더라도 관계에 집중하려 노력했지요. 타고나기를 민감해서 평소에도 다른 사람들의 감정 변화를 쉽게 알아차릴 수 있는 데다가 그런 마음까지 더해지니, 다른 사람들의 시선과 욕구에 필요 이상으로 과하게 제 에너지를 낭비하게 되는 일들도 많아졌습니다.

지금 행복해질 너에게

사회에서 알게 된 친구가 한 명 있었어요. 마음이 여리고 섬세한 사람이라 서로 잘 챙겨주고 친하게 지냈습니다. 그런데 사이가 점점 더 가까워질수록 힘들더라고요. 자꾸만 저에게 부정적이고 우울한 이야기만 잔뜩 털어놓아서요. 전화가 한 번 오면 1시간 통화는 기본이었습니다. 어떤 날은 2~3시간이 훌쩍 지나가도록 친구의 끝없는 신세 한탄 이야기를 들어주어야 했지요.

처음에는 걱정되는 마음에 하던 일도 제쳐 두고 전화를 받았습니다. 친한 사이니 당연히 그래야 한다고 생각했지요. 가족보다 더 의지한다는 말에 마음이 더 쓰이기도 했거든요. 해결책을 같이 찾아 주기도 하고 가만히 들어주기도 했는데요. 점점 그 빈도가 심해지는 겁니다.

해결책을 찾아주어도 제 이야기는 들지를 않고요. 자신의 이야기만 계속합니다. 부정적이고 우울한 이야기들을 계속 저에게 쏟아냈습니다. 제가 마치 감정의 쓰레기통이 된 것처럼 기분이 나빠졌습니다. 에너지가 다 소진되는 기분이었지요. 혹시나 저도 제 주변 사람에게 저런 적은 없었을까 되돌아보게 되더라고요.

친구가 혹시나 기분 나빠 할까 봐 전화 받기가 곤란한 상황이라고 말하거나 전화를 끊자고 하지 못했습니다. 그랬더니, 정작 제 감정이 계속해서 과하게 소모되고 있었습니다. 전화를 끊고 나면, 기분이 더 가라앉았고요. 전화 통화하느라 잠시 멈춰 둔 일들을 해야 하는데, 에너지가 남아 있지 않으니 집중할 수가 없어서 짜증도 났습니다.

더는 안 되겠다는 생각이 들더군요. 미안하게도 그때부터 그 친구의 연락은 점점 피하게 되었습니다.

직장에서의 일도 떠오릅니다. 아이들을 가르치고 돌보는 직업이다 보니, 아이들을 행복하게 만들어 줄 때 저의 가치를 확인받을 수 있고 저도 행복한 거라 여겼습니다. 교사는 응당 그래야 한다는 생각이 강했지요. 뭐든지 열심히 잘해야 한다는 생각에, 매 순간 에너지를 다 쏟아부었습니다.

10분 남짓한 쉬는 시간 동안에도 아이들에게 혹시 안전사고가 나지는 않을까 온 촉각을 곤두세우느라 화장실도 잘 가지 못했고요. 교실 환경도, 생활지도도, 수업 준비도 모두 다 완벽하게 해야 한다고 생각했습니다. 그런 저의 모습을 보고 제가 존경하던 선배 교사분이 해 주신 말씀이 있었어요.

"너 지금 그렇게 모든 곳에 다 똑같이 에너지를 쏟다가는 네가 사라져 버려. 네가 사라져 버리면 아무 의미가 없는 거야. 너부터 먼저 챙겨야지. 다른 건 그다음이야. 지금처럼 모든 것에 다 에너지를 쏟다가 네가 없어져 버리면 어떻게 할래? 그렇게 되면 미래에 너를 꼭 만나야 할 아이들이 널 만날 수 있는 기회조차 없어지지 않겠니? 가장 중요한 곳에 네 에너지를 먼저 써. 에너지를 좀 아껴."

저를 정말로 아껴 주시는 마음이 그대로 느껴져서 감동했습니다. 한

지금 행복해질 너에게

편으로는 저의 에너지를 제일 중요한 것과 그렇지 않은 것들을 구분해서 쓰지 않고, 사소한 것에까지 똑같이 에너지를 다 쏟아붓고 있었던 저를 들킨 것 같아서 뜨끔했지요.

아이들끼리의 갈등 상황도 가끔은 스스로 해결해 보도록 지켜봐 주기도 하고요. 제힘으로 해결할 수 없는 일들이 생기면 놓을 줄도 알아야 했는데요. 교실에서 일어나는 모든 일들을 제가 해결할 수 있어야 하고, 해결해야만 한다는 생각이 강했습니다.

그러다 보니 늘 과하게 저의 에너지를 소진했지요. 가끔 놓을 줄도 알아야 하고 중요한 곳에 저의 에너지를 더 써야 하는데요. 늘 똑같은 양의 에너지를 쏟아부어서 집에 가면 방전이 되어 누워 있기 일쑤였거든요.

나에게 주어진 역할과 의무를 다 잘 해내려 애쓰고 주변의 모든 자극에 일일이 다 반응하다 보면 정작 나는 사라지게 됩니다. 그런데 기억해야 할 것은 내가 없으면 이 모든 것들이 의미가 없다는 것입니다. 나라는 존재가 사라져 버리면, '뭐든지 열심히 잘 해야 한다'고 외쳤던 그 많은 것 중에서 의미가 있는 것은 단 하나도 없습니다.

카를로 로벨리의 책 제목처럼 '나 없이는 존재하지 않는 세상'입니다. 내가 있어야지요. 나를 소모하는 것이 아니라 나를 지키는 삶을 살아야 합니다.

세상에 반드시 '잘해야만' 하고, '그래야만' 하는 것은 없습니다. 내가 소모되고 있다면, 멈추기도 과감하게 끊어 내기도 해야 합니다. 할지, 하지 않을지는 순전히 우리에게 달려 있습니다.

수시로 오는 전화와 메시지로 피로도가 높아져 나의 에너지가 소진됨을 느낀다면 연락을 잠시 피해도 됩니다. 하루에 몇 번만 몰아서 확인하거나 나중에 다시 연락하는 방법으로 스스로 에너지 용량을 조절할 수도 있고요. 친구나 가족들이 도움을 요청하거나 만나고 싶어 하더라도, 내가 에너지가 없어서 쉬고 싶다면 쉬어도 됩니다.

나의 쓸모에서 나의 가치를 찾지는 말아야 합니다. 누군가에게 내가 필요하면 당연히 기쁜 일이긴 하지만, 타인을 위해서 나를 소진해서는 안 됩니다. 내가 할 수 있는 만큼만 해야지 나의 허용치를 넘기면 어느새 나는 없어지게 되니까요.

다른 사람들의 욕구를 충족시켜 주느라, 나를 소모하지 말아야 합니다. 나와 연결된 모두에게, 모든 것에, 모든 순간, 다 잘해야 한다는 덫에서 발을 빼야 해요. 연락을 바로 받지 않았다고 서운해하거나, 도움을 요청할 때 받아주지 않았다고 마음 상해하는 사람들이라면 어차피 오래갈 사이도 아니거든요.

서로의 욕구와 에너지를 존중하고 소중하게 여기는 관계가 오래가는 법입니다. 다 잘하려고 하지 마세요. 나에게 소중하고 중요한 것에 좀 더 나의 에너지를 집중해서 사용할 수 있도록, 모든 것에 나를 소모하지 마세요.

지금 행복해질 너에게

03

귀한 나, 귀하게 대접하기

—

아이를 챙겨주고 나서 아이가 남긴 간식을 먹다가 문득 이런 의문이 들었습니다. '소중한 아이에게는 좋은 옷도, 맛있는 간식도, 비싼 소고기도 잘 사 주면서 왜 나는 나를 위해서 그런 것들을 챙겨 주지 못했지?' 하고요. 소중한 사람을 귀하게 대접해 주듯 소중한 나도 귀하게 대접해야겠다는 마음이 들었지요.

아이와 남편이 출근한 뒤, 얼른 화장하고 옷을 챙겨 입고 밖으로 나왔습니다. 카페에 와서 초콜릿 케이크 한 조각과 디카페인 아메리카노 한 잔을 시켰습니다. 제가 좋아하는 책 한 권과 노트북도 들고 왔습니다. 책을 읽고 글을 쓰며 저만의 시간을 즐기려고요. 제가 요즘 저 자신에게 선물하고 있는 소소하지만 귀한 것들입니다.

여러분에게 가장 귀한 것들은 무엇인지요? 지금의 저에게는 좋아하는 카페에 와서 좋아하는 음식을 먹고, 좋아하는 책을 읽고, 좋아하는 글을 쓰는 시간이 가장 귀하고 소중합니다. 예전의 저였다면 좀 더 외형적인 것들에 관심을 가졌을 겁니다. 값비싼 옷을 사 입고, 값비싼 가방을 사는 것이 나를 귀하게 대접해 주는 것이 아닐까 생각한 적이 있었어요.

그런데 가만히 생각해 보니, 그런 것들은 온전히 나를 위한 것이라기보다는 다른 사람들의 시선에 비칠 나를 위해 돈을 쓰는 거더라고요. 그런 것들이 나를 귀하게 해 주지는 않는다 싶었습니다.

물론 아주 특별한 날에 아주 가끔은 정말 좋은 것을 나에게 선물해 주는 것이 스스로를 귀하게 대해주는 행위로 느껴질 때도 있긴 합니다만, 그런 경우는 제외하고요. 남의 시선을 의식해서 돈을 쓰지 말고요. 오롯이 나를 위한 것에 돈과 시간을 쓰는 것이, 훨씬 귀하고 가치 있는 것들로 귀한 나를 대접하는 것이지요.

요즈음의 제가 제 내면을 가꾸기 위해 스스로에게 허락하고 있는 귀한 것들이 무엇이 있는지 떠올려보았습니다. 그것은 바로 온전히 저를 위해 쓰는 '시간'과 관련된 것들이더라고요. 저를 충전할 수 있는 시간, 저의 마음을 채울 수 있는 시간, 그리고 저를 가꿀 수 있는 시간과 관련된 것들 말입니다.

'저를 충전할 수 있게 해 주는 것'에 관해서 먼저 이야기해 볼까 합니다.

요즘 저는 일주일에 한 번 디지털 디톡스의 시간을 보내요. 주변의 거친 말들과 주변 소음에 귀를 기울이느라 지쳐 있었던 저의 마음이 고요한 가운데 설 수 있도록 해 주기 위해서이지요. 인스타, 유튜브 쇼츠,

엑스, 스레드 등 외부 소음에서 벗어나 저에게 집중할 수 있는 시간을 보냅니다. 빠르고 자극적이며 때로는 부정적인 것들을 비워내고 다시 좋은 것들을 채울 수 있도록 저를 비울 수 있는 시간을 누립니다. 그날은 휴대전화도 되도록 멀리합니다.

시간이 여유로워지면 제일 쉽게 손이 가는 것이 바로 '쇼츠(shorts)'입니다. 쇼츠는 스마트폰으로 보기 좋게 세로형으로 촬영된 짧은 동영상을 말하는데요. 소파에 누워 아무런 생각 없이 넋 놓고 쇼츠를 보고 있으면 시간 가는 줄 모르고 수십 개를 보게 됩니다.

아무 생각 없이 누워서 쇼츠를 가만히 보고만 있으니 내가 쉬고 있는 것이 아닐까 싶지만, 내가 쉰다고 생각한 시간 동안에도 나는 자극적인 영상에 계속해서 노출되고 있는 겁니다. 쇼츠를 보는 동안, 저는 휴식으로 비워 내지도 좋은 것들로 채우지도 못하고 그저 시간을 버리고만 있는 느낌입니다. 그래서 저는 일주일에 한 번만이라도 아예 SNS와 멀리하려고 노력합니다.

일주일에 한 번이라도 디톡스를 하는 또 다른 이유는 SNS 공감 수에 신경을 쓰는 저를 발견했기 때문입니다. SNS를 통해 얻게 되는 정보도 많아지다 보니 아예 SNS를 안 하는 것보다는 현명하게 활용하는 것이 저에게 더 도움이 되겠다 싶었습니다. 그래서 얼마 전부터 엑스, 스레드, 인스타와 같은 SNS를 조금씩 시작하게 되었는데요. 저도 모르게 시간이 갈수록 '좋아요'와 같은 공감 수와 댓글에 신경 쓰고 있더군요. 그러다 보니, 중심을 잃고 하루 종일 SNS를 확인하고 있는 저를 발견하게 되었습니다.

　그 수많은 자극에 일일이 반응하다 보면 어느새 귀한 저는 다 소모되고 말지요. 내 안에 에너지가 차오를 수 있도록 외부의 자극과 잠시 단절하고 충전할 수 있는 시간을 나에게 허락해 주어야 합니다. 비워 내야 다시 좋은 것들로 채울 수 있지요. 혼자만의 시간을 가지고 나면 어느새 마음이 고요해지고 정돈된 기분이 들고요. 다시 새롭게 시작할 수 있는 에너지가 샘솟거든요.

　두 번째로는 '저의 마음을 채울 수 있게 해 주는 귀한 것'에 관한 이야기입니다. 제 마음을 채워 주는 귀한 것은 바로 '감사 일기 쓰기'입니다. 저는 요즘 제 안에 희망과 긍정, 기쁨과 감사라는 귀한 마음들이 가득 찰 수 있도록 감사 일기를 간단히 적고 있습니다. 행복하고 긍정적이며 기쁨이 넘치는 말들처럼 나의 마음을 귀하게 채워 줄 수 있는 것에 내 시간을 온전히 쓰는 거지요.

　아주 사소한 것들이지만, 하루 동안 저를 행복하게 해준 순간들을 떠올려보고 매일 자기 전에 감사한 마음을 담아 5가지 이상 써 보고 있어요. 아들과 산책하면서 처음으로 만난 새를 보고 기뻤던 일, 집 앞에 맛있는 빵집이 생겨서 맛있는 빵들을 먹을 수 있어서 감사한 일, 편의점에 갔다가 우연히 내가 좋아하는 음료가 1+1 행사를 하는 것을 발견하고 득템한 일, 집 앞 추로스 트럭 사장님이 단골 서비스로 초콜릿 퐁뒤를 주신 일 등 일상에서 소소하게 행복을 느끼게 해 준 것들을 떠올려 계속해서 써 나갔습니다.

처음에는 '이런 사소한 것을 쓴다고?' 싶었는데요. 감사 일기를 계속해서 쓰다 보니, 일상에서도 부정적인 것들보다는 긍정적이고 좋은 것들에 시선을 돌리게 되더라고요. 어느새 제 마음도 좋은 마음, 귀한 마음으로 가득 차게 되었습니다. 귀한 나를 더 귀한 존재가 하는 것들은 감사하는 말, 긍정적인 말들이지요. 좋은 말들은 좋은 기운들을 불러오고요. 나를 둘러싼 좋은 기운들은 나를 더 귀한 존재로 만들어 줍니다.

마지막으로 '저를 가꿀 수 있게 해 주는 귀한 것들'에 관해서 이야기해 볼게요. 그것은 바로 제가 매일하고 있는 글쓰기, 독서, 필사 그리고 운동입니다. 그중 글쓰기와 독서에 대해서는 잘 아실 것 같아서, 필사에 대해서 조금만 더 말씀드려 볼게요. 좋은 책을 읽으며 만나게 되는 좋은 글귀들을 입으로 읊으면서 손으로 써 보는 동안, 좋은 글귀들은 다시 눈과 귀를 통해 제 안으로 들어오게 됩니다.

외부에 활자로 존재하고 있던 좋은 것들이 제가 입으로 읊고 손으로 쓰는 과정을 통해 제 눈과 귀로 입력됩니다. 눈과 귀로 입력된 좋은 것들은 다시 저의 내부인 제 머릿속으로, 제 마음속으로 들어오게 되지요.

귀한 존재인 나를 더 귀한 것으로 채울 수 있게 해 주는 것이 바로 필사입니다. 그래서 저는 그 좋은 것으로 저를 채웁니다. 좋은 글귀들은 제 머릿속에, 제 마음에, 그리고 제 필사 노트 안에 가득 담겨 있습니다.

운동은 요즘 제가 저 스스로를 귀하게 대접하고 있는 것 중에서도 단

연 값비싼 것들 중의 하나입니다. 저는 심각한 몸치거든요. 뻣뻣하기가 이루 말할 수 없고요. 같은 동작을 익히는데도 몸과 마음이 따로 움직여서 다른 사람들보다 익히는 속도가 현저히 늦고, 여러 날이 걸립니다. 그래서 큰마음을 먹고, 몇 달 동안 필라테스 개인 지도를 받았습니다.

처음에는 저에게 이렇게 거금을 투자한다는 것에 저항감이 왔어요. 민망하기도 하고 효과가 없으면 어쩌나 싶었습니다. 오로지 저만을 위해 많은 돈을 쓴다는 것이 가족들에게 왠지 미안하기도 했습니다.

아이에게 쓰는 돈은 아끼지 않았으면서 저에게 쓰는 돈은 많이 망설이게 되더라고요. '나에게 정말 필요한 것인가? 돈을 들이지 않고 할 수 있는 다른 방법은 없는가?'와 같은 질문들을 저에게만 엄격하게 적용했지요. 그런데, 갑자기 '집에서 귀한 대접을 받으면, 밖에 나가서도 귀하게 대접받는다.'라는 말이 생각나더라고요. 나 스스로가 나에게 귀한 대접을 해 주어야지, 다른 사람들도 나를 귀하게 대접해 주지 않을까? 하는 마음이 들었습니다.

그래서 귀한 존재인 저를 귀하게 대하는 것은 당연하다고 마음속으로 계속 주문을 걸었습니다. 제가 건강해야 가족들에게 더 잘할 수 있다고요. 그랬더니, 어느 순간 '나는 귀한 존재이니, 귀하게 대하는 것이 당연하다'는 마음에 점점 익숙해지고 있는 저를 발견하게 되었지요.

저에게 귀한 것들은 바로 이런 것들입니다. 저를 더 귀하게 만들 수 있는 것들로 저를 채우고 있습니다. 그리고 값비싼 외형의 물건들로 다

지금 행복해질 너에게

른 사람들의 시선에 비치는 저를 치장하는 것이 아니라, 저 자신에게 좋은 것으로 저의 시간과 공간, 그리고 제 몸과 마음을 채우고 있습니다. 좋은 음식으로 저를 귀하게 대접하고, 좋은 풍경을 보며 저를 귀하게 대접합니다. 좋은 영화와 좋은 음악, 그리고 좋은 책으로 저의 눈과 귀를 저의 마음을 귀하게 채웁니다. 제가 좋아하는 것들로 저를 가장 귀하게 대접합니다.

소중한 나를 좋은 것들로 채우면, 내 안에서도 가장 좋은 것들이 자연스럽게 올라옵니다. 귀한 것들로 나를 채우고, 나 스스로를 귀하게 대접해 주세요. 가장 귀한 것을 스스로에게 허락하세요. 세상에서 가장 귀한 존재는 당신입니다.

04

믿어 보세요, 우리의 행운 그릇을

—

야구선수 오타니 쇼헤이는 고등학교 1학년 때 '8구단 드래프트 1순위'를 목표로 만다라트를 만들어 실행했습니다. 만다라트는 정사각형을 9등분 한 뒤 각각을 다시 9등분 한 형태의 계획표인데요. 총 81개의 사각형 안에 목표와 그것을 이루기 위해 실행해야 할 요소들이 적혀 있습니다.

오타니 선수는 가장 중앙에 있는 사각형 안에 '8구단 드래프트 1순위'를 써넣었습니다. 이를 실행하기 위한 8개의 영역을 '몸, 제구력, 구위, 정신력, 스피드, 인간성, 운, 변화구'로 구분해서 각각의 사각형을 채워넣었지요. 그리고 8개의 영역에 해당하는 세부적인 실천 내용들을 기록한 뒤 일상생활에서 그 내용들을 실천했습니다.

그 결과 2년 만에 일본 구단뿐 아니라 메이저리그에서도 스카우트 제의를 받았습니다. 그리고 지금은 아메리칸 리그 MVP에 두 번째로 뽑히는 등, 메이저리그에서 활약하는 세계적인 야구선수가 되었습니다.

오타니 쇼헤이 선수는 본인의 목표를 이루기 위해서 실행해야 할 8가지 영역 중에서 '운'을 적어 넣을 만큼, 우리 인생에서 '운'의 영역도 중요하게 여겼습니다. 노력하면 운도 좋아질 수 있는 부분이라고 생각한 것이지요. 운이 좋아지기 위해 본인이 노력해야 할 것들에는 '인사 잘하기, 쓰레기 줍기, 청소하기, 물건을 소중히 쓰기, 긍정적 사고하기, 독서하기, 심판에 대한 태도, 응원받는 사람 되기'라고 적은 뒤 매일 실천했습니다.

특히 오타니 선수가 선수 대기석과 구장에 떨어진 쓰레기를 줍는 장면은 영상으로 여러 번 담기기도 했습니다. 쓰레기를 줍는 것은 다른 사람이 버린 운을 줍는 것으로 여겼습니다. 남들이 꺼리는 행동을 실천함으로써 자신에게 운이 찾아오기를 희망했다고 합니다. 생활에서 아주 사소한 부분이지만, 자기 행운의 그릇을 넓히는 마음으로 작은 행동들을 매일매일 실천했다는 것을 알 수 있는 일화입니다.

우리에게 찾아올 행운들을 놓치지 않고 담아내기 위해서는 우리의 행운 그릇을 넓혀야 합니다. 행운 그릇을 넓히는 방법은 대단히 거창하거나 멀리 있는 것들이 아닙니다. 오타니 선수가 일상에서 실천했던 인사 잘하기, 쓰레기 줍기, 청소하기 등과 같이 오히려 우리 일상과 맞닿아 있는 소소한 것들로부터 시작됩니다.

우리는 운이 우리를 찾아오기를 넋 놓고 기다리고만 있으면 안 됩니다. 운이 우리를 찾아올 수 있게, 혹은 우리에게 찾아온 운을 담을 수 있게 미리 준비하고 있어야 하지요. 알렉스 로비라 역시 그의 책 『준비된 행운』에서 "행운이 찾아오지 않는 데에는 그럴 만한 이유가 있다. 행운을 움켜쥐려면 미리 준비해야 한다. 행운을 맞이할 준비는 자기 자신밖에 할 수 없다. 그리고 그 준비는 누구나 당장 시작할 수 있다."라고 말했거든요.

저도 오타니 선수처럼 좋은 운을 담는 좋은 그릇을 준비해 놓고자 일상생활에서 지키는 사소한 습관이 있습니다. 그건 바로 '이왕이면 좋은 말, 긍정적인 말을 하자'는 것입니다. 저는 말이 가진 힘을 믿거든요.

학창 시절에 제가 무척이나 좋아했던 〈후르츠 바스켓〉이라는 만화가 있습니다. 한 에피소드에서 잠깐 '언령'에 관한 이야기가 나온 적이 있어요. 오래되어 정확한 워딩은 기억이 잘 나지 않지만 대략 '말이 가진 힘'에 관한 내용이었지요. 말에는 영혼이 담겨 있기에 말하는 그대로 이루어질 수도 있고요. 내가 하는 부정적인 말을 듣고 부정적인 기운이 그대로 전해질 수 있다는 내용이었습니다. 언령이라는 말이 뇌리에 딱 박혀서, 그때부터 저는 "말조심해야지. 예쁜 말을 해야지." 하며 다짐했던 기억이 나요.

몸과 마음이 지쳐 한동안 말의 힘을 잊고 있었는데요. 쉬면서 다시 실천하고 있습니다. '말에는 힘이 있고 믿는 대로 이루어지는 거니, 좋은 말 긍정적인 말을 하자'하고요.

7월 1일에 있었던 일입니다. "7월의 시작이 월요일이네!" 하며 기분

지금 행복해질 너에게

좋게 하루를 시작하려고 했는데요. 아침에 유독 일이 조금 안 풀리는 느낌인 겁니다.

배달 앱에서 현장 픽업으로 15,000원 이상 주문하면 적용되는 5,000원 쿠폰을 주더라고요. 그래서 앱에서 P 빵집 샐러드를 2개 주문했습니다. 우리 집에서 그 빵집은 살짝 멀긴 했지만 5천 원이나 할인해 준다길래 얼른 주문했지요. 준비하고 막 현관문을 나가려는데 해당 매장에서 주문 취소를 했다는 메시지가 왔어요.

왜 취소되었냐고 전화로 물어봤더니, 방금 막 손님이 사 갔답니다. 종류가 다른 샐러드 2개를 다시 주문했지요. 신발을 신고 나가려는데 또 주문 취소 메시지가 뜨는 겁니다. 왜 자꾸 이러지 싶어서 해당 매장으로 전화를 걸었습니다. 샐러드가 모두 동이 나 버렸는데 포스에서 반영이 안 되어서 전산 오류가 났다고 하더라고요.

'아쉽지만 어쩔 수 없지.' 하고 전화를 끊고 밖에 나가서 집 앞 빵집에서 샐러드랑 커피를 주문했습니다. 점원 두 분이 서로 바쁘다며 커피 제조를 미루시더라고요. 그러다 마지못해 한 분이 커피를 만들어 주셨습니다. 돌아서서 커피를 만들어 주시는 직원분의 뒷모습에서 뿜어져 나오던 그 '기분 나쁨'의 감정이 저에게까지 전해져 오는 것만 같아, 커피를 기다리는 내내 마음이 불편했습니다.

샐러드를 사서 돌아오는 길이었어요. 제가 딱 지나가는 바로 그 순간에 남학생 한 명이 침을 따악 뱉는 겁니다. 타이밍이 안 좋았던 거지요. 하마터면 침 세례를 받을 뻔했습니다. 더위를 뚫고 흑찰옥수수를 사러 갔는데 노란 옥수수만 남아 있었고요. 도서관에 가려고 준비를 다 하고 주차장에 도착했더니 문이 닫혀 있었습니다. 오늘은 월요일. 정기 휴무일이라는 것을 잊은 거지요.

뭔가 계속 잔잔하게 일이 안 풀리는 느낌 아실까요? 계속 이러지 싶어 마음이 많이 가라앉는 겁니다. '오늘 정말 왜 이러지?' 싶은 순간, 이러다가는 정말 안 되겠다 싶어서 외쳤습니다.

"오후 4시 이후로 나는 계속 좋은 일만 있을 거야!" 하고요.

그렇게 외치고는, 말한 대로 이루어질 거라 믿었습니다. 좋은 일이 일어날 거라고요. 말의 힘 때문이었는지, 정말로 오후 4시를 기점으로 일이 잘 풀리더라고요. 친구에게 달콤한 간식 쿠폰도 선물로 받았고요. 저처럼 마음이 꺾여 힘들어 보였던 친구에게도 "너도 오늘 오후 4시부터 좋은 일만 계속 있을 거야."라며 좋은 기운을 나누어 주었습니다.

5,000원 쿠폰은 놓쳤지만, 오늘만 20% 행사를 했던 빵집에서 빵을 사는 바람에 할인된 가격으로 빵을 살 수 있었고요. 매주 월요일에 발행하는 브런치 글도 내내 안 써지고 있어서 어쩌지 싶었는데, 4시를 기점으로 마음이 가벼워졌는지 글도 힘들지 않게 나오더라고요. 나빠질 뻔한 하루가 감사하게도 기분 좋게 마무리되었네요.

지금 행복해질 너에게

좋은 기운은 좋은 기운을 불러 모으게 되어 있습니다. 좋은 일만 있을 거라는 저의 외침을 행운이 듣고 찾아온 건 아닐까 싶습니다. 행운의 말들이 흩뿌려져서 제 주변의 공기를 바꾼 건 아닐까 하는 마음이 들더라고요. 매일 사소하긴 하지만, 좋은 말을 하려고 했던 습관이 결국에는 좋은 일로 마무리된 것 같아서 저의 행운 그릇이 커진 기분이었어요.

행운을 담는 그릇은 그렇게 작고 소소한 것들로 조금씩 넓혀 가는 겁니다. "어떻게 저 사람은 저렇게 운이 좋은 걸까?, 어떻게 저런 행운이 저 사람의 인생에 온 것이지?" 하며 많은 사람들이 다른 사람에게 온 운을 쳐다보면서 부러워합니다.

다른 사람들에게 찾아온 행운은 그 사람이 노력한 결과일지도 모릅니다. 평소에 자신의 운 그릇을 키우며 준비하고 있었기에 찾아온 행운일지도 모르는데, 우리는 결과만 보고 부러워하지요. 그러다 정작 자신에게 찾아온 행운을 발견하지 못하는 경우도 많습니다.

일상생활에서 긍정의 마음을 담아 사용하고 있는 우리의 언어, 감사의 순간들을 기억하는 마음, 그리고 남들이 줍지 않는 쓰레기를 매일 줍는 작은 행동들이 우리들의 행운 그릇을 계속해서 키우고 있습니다. 우리의 소소한 노력과 꾸준함이 우리의 행운 그릇을 키우고 있습니다. 믿어보세요, 우리의 행운 그릇을.

05

품격 있고, 품위 있게 익어 가겠습니다

—

한참 전의 일이었어요. 미국의 독립 기념일 근방에 남편과 렌터카를 빌려 미국 서부를 여행하고 있을 때였습니다. 팜 스프링스에서 한인 민박집을 찾는 중이었는데 내비게이션에서 정확한 위치를 알려 주지 않아, 그 주변에서 뱅뱅 맴돌고 있었지요. 답답한 마음에 지나가던 노부부에게 길을 여쭤보았습니다. 그랬더니, 아주 차분하고 친절한 목소리로 본인들을 따라오라며 숙소까지 안내해 주시는 것이 아니겠어요? 그리고 나선 유유히 가시던 길을 가시더라고요.

숙소에 짐을 놓고 잠시 주변을 산책하러 밖에 나갔습니다. 저희에게 친절하게 길을 알려주셨던 노부부가 건너편 카페 야외 테라스에서 책을 읽고 계시더라고요. 남편과 둘이 마주 보며 동시에 "우와…. 나도 저렇게 늙고 싶다. 저렇게 살고 싶다."라고 말했지요. 그분들에게서 자연스럽게 배어 나왔던 친절과 배려, 그리고 고상한 말투는 물론이었고요. 노부부가 함께 카페에서 독서를 하시는 모습을 보니, 닮고 싶다는 생각이 절로 들었습니다.

제 인생의 모토는 '품위 있게 나이 들기'였습니다. 어느 날 김희선 님이 나오는 〈품위 있는 그녀〉라는 드라마의 제목을 보고, 바로 이거다 싶었거든요. 사람이 인생을 살아간다는 것은 늙어 간다는 의미도 되는 것이라 '품위 있게 늙어 가자'고 제 인생 모토를 정했습니다.

그런데 가만히 사전적 의미를 찾아보았더니 '품위'만으로는 안 될 것 같더군요. '품위'는 문화적인 수준, 교양, 지식, 경험, 예절 등을 나타내는 개념이고요. '품격'은 그 사람의 도덕적 가치, 행동, 태도, 품성, 인격 등을 나타내는 개념이라고 나오는 겁니다. 한마디로 품격은 인간의 도덕성과 인격을, 품위는 문화적 수준과 생활적인 면을 나타내는 것이지요.

품격이 높은 사람은 진실성, 정의감, 겸손, 인내심, 배려심, 책임감, 용기가 있는 사람들입니다. 품위가 있는 사람들은 세련된 언어와 태도, 예의 바른 행동을 보여 줍니다. 단어의 뜻을 제대로 알고 나니, 품위와 품격을 모두 지닌 사람이 되어야겠다 싶더군요. 그래서 그때부터 저의 인생 모토는 '품위 있고 품격 있게 나이 들기'가 되었습니다.

품위와 품격에서 사용되는 한자 품(品)은 입구자 3개로 이루어져 있습니다. 말이 쌓이고 쌓여서 한 사람의 품성이 된다는 뜻이지요. 『말의 품격』에서 이기주 님은 사람의 체취, 사람이 지닌 고유한 인향(人香)은 그 사람이 구사하는 말에서 뿜어져 나온다고 말하더군요.

이기주 님이 말씀하신 인향, 그 사람이 지닌 고유의 향기가 뿜어져 나온다는 말이 어떤 의미인지 미국에서 만난 노부부를 통해 알 수 있었습니다. 겉모습에서가 아니라, 노부부의 내면에서 품위 있고 품격 있는 향기가 자연스럽게 뿜어져 나왔거든요. 품위와 품격은 그 사람이 사용하는 언어에서 먼저 배어난다는 것을 잊지 말아야겠습니다.

저희 남편이 미국에서 만나 뵈었던 60대 할머니 영어 회화 튜터님도 기억에 남습니다. 은퇴 후 소일거리로 외국인 유학생들의 1:1 튜터를 하시던 분이셨는데요. 매시간 일상적인 생활 회화 말고도 본인의 인생 이야기를 많이 해 주셨대요. 마지막 수업 때에는 남편에게 오랫동안 손으로 만지작만지작해서 세월의 흔적이 가득 느껴지던 돌멩이 하나를 주셨습니다.

거칠거나 모난 부분 하나 없이 매끈매끈하고 동글동글한 작은 돌멩이인데요. 본인도 선물 받은 돌멩이인데, 본인에게 행운을 많이 가져다 주었던 돌멩이라면서 남편에게 주셨습니다. 저희 남편에게 앞으로 좋은 일이 가득했으면 좋겠다고 하시면서요.

다른 사람에게 친절한 언어로 마음을 다 해주는 것. 다른 사람의 행운을 진심으로 빌어 주는 것. 아름답게 늙어 간다는 것은 바로 이런 모습이 아닐까 싶었습니다.

얼마 전에 배우 윤여정 님이 아카데미 시상식에서 보여주신 배려 가득한 모습도 인상 깊었습니다. 남우 조연상 수상자인 트로이 코처가 청각장애인 것을 배려하여 트로이 코처를 호명할 때 수어를 사용하시더라고요. 수어를 위해 양손을 써야 했던 트로이 코처를 위해서 트로이 코처가 수상 소감을 수어로 표현하는 동안 옆에서 트로피를 대신 들어 준 모습도 화제가 되었지요.

윤여정 님의 왼쪽 어깨에는 유엔난민기구가 진행하는 캠페인 '난민과 함께'의 의미를 지닌 파란 리본도 함께 달려 있더군요. 평소에 타인을 생각하는 배려가 몸에 익지 않았더라면 할 수 없는 행동이었을 겁니다.

품위 있고 품격 있게 늙는다는 의미에 대해서 다시 한번 생각해 봅니다. 품위 있고 품격 있게 늙는다는 것은 물질적인 것으로 외관을 아름답게 치장한다는 의미가 아닙니다. 그보다, 평소 일상생활에서 그 사람이 사용하는 언어, 다른 사람을 대하는 예의와 배려의 마음과 행동들이 차곡차곡 쌓여서 그 사람의 품위와 품격을 만들어 주는 것이 아닌가 싶습니다.

퇴직 후 저희 지도 교수님은 본인의 전공을 살려 지역 복지관에서 영어 관련 봉사를 하고 계십니다. 친구분들과 즐겁게 여행을 다니시기도 하고 복지관에서 봉사도 하시며 삶의 보람을 찾고 있으시더라고요.

제가 아는 블로그 이웃들은 끊임없이 무언가를 배웁니다. 동화책 수업을 듣고 책을 만들어 보기도 하고, 유화를 배워 그림 그리기에 몰두하기도 합니다. 퇴근 후 외국인 노동자를 위한 한글 학교에서 봉사하기도 하고 가정 형편상 배움을 이어가지 못하신 노인분들에게 그림을 가르쳐 주시는 이웃도 있습니다.

은퇴 후 귀농하셔서 마당 넓은 집에 온갖 종류의 꽃들과 채소, 작물들을 키우시며 주변 사람들에게 나누는 이웃도 있어요. 인생의 제2 황금기를 위해 블로그에서 열심히 글 쓰며 종이책 발간을 꿈꾸고 있는 이웃들도 있습니다.

품위 있게 품격 있게 늙어 가기 위해서는 삶의 보람을 찾는 그 무언가를 발견하고 몰두하는 삶 자체도 의미 있는 일이지요.

그러고 보면, 인생은 끊임없이 비어 있는 나를 배움으로 채워가는 과정이 아닐까 합니다.

"살아 있다는 것은 부단히 무엇인가를 배우고 노력하는 것을 의미한다. 그리고 그 배우고 노력하는 것이 인생을 만들어 가는 것이 아닐까 한다."

하버드대학교의 명예교수이자 필즈상을 받은 수학자 히로나카 헤이스케는 『학문의 즐거움』에서 위와 같이 말했습니다. 살아 있는 한 우리는 끊임없이 배우고, 배우는 과정을 통해 우리는 계속해서 익어갈 수 있는 거니까요. 비어 있는 나를 채워 나가는 과정 역시, 품위 있고 품격 있게 나이 들어가는 과정입니다.

사람이 노화를 통해 잃는 것은 30% 정도의 육체적 기능이라고 합니다. 순발력, 감각 같은 것들은 찰나의 아름다움입니다. 찰나의 아름다

지금 행복해질 너에게

움은 오래가지 않지요. 그렇지만, 그 이외의 것들. 신체를 지탱시켜 주는 지구력이나 인내력에는 차이가 없습니다. 오히려 나이가 들수록 지구력이나 인내력은 더 자란다고 합니다. 그래서 늙어 가는 것이 아니라 익어 간다고들 표현하는 것이겠지요.

찰나의 아름다움이 아니라 품격과 품위가 바탕이 된 아름다움이 저절로 스며 나오는 사람이 되고 싶습니다. 최재천 교수님도 앞으로는 100세를 넘어 120세 시대라고 하셨습니다. 한층 길어진 인생을 건강하고 행복하게, 하고 싶은 일에 몰두하면서 삶의 보람도 찾아가는 삶을 살아 보는 건 어떨까요? 그렇게 품위 있고 품격 있게 익어 가고 싶네요.

06

좋은 사람 곁에 좋은 사람

—

근무지를 이동하게 되는 바람에 남편 직장과 제 직장 거리의 중간쯤 되는 곳으로 이사를 간 적이 있었습니다. 남편 말고는 아는 사람이 한 명도 없었고요. 친정집과는 물리적으로 더 멀어졌습니다. 할머니를 모시고 사는 엄마에게 육아 도움을 받기는 어려웠지만, 친정집이 더 멀어지니 왠지 모르게 마음이 더 허전해지더군요.

저는 출근해야 하는데, 아이는 방학이라 난감한 상황이 발생했습니다. 남편도 출장이라 아이를 봐줄 수가 없었거든요. 할 수 없이 엄마에게 며칠만 아이를 봐달라고 부탁을 드렸습니다. 엄마는 일주일 정도 우리 집에 계셔 주셨어요. 제가 출근했을 때, 엄마는 아이를 유모차에 태우고 산책하러 나가셨다가 네잎클로버를 무려 서른 개나 찾으셨습니다.

"우리 딸이랑 가족들한테 좋은 일이 있으려나 보다. 네잎클로버가 이래 많더라. 엄마가 자주 와 주지도 못해서 늘 앉은뱅이 용쓰듯 마음만 쓰였는데 잘됐다. 네잎클로버 덕분에 너거 식구들한테 좋은 일이 가득 생겼으면 좋겠네."

엄마의 말에 울컥 눈물이 났습니다. 엄마의 마음이 그대로 느껴졌거든요. 엄마가 건네준 네잎클로버를 한참이나 쳐다봤지요. 멀리 있는 딸을 자주 보러 오지 못해 미안하고 애틋한 마음을 가득 담아, 엄마는 네잎클로버 서른 개를 고이고이 소중하게 들고 오시지 않으셨을까요.

"엄마, 서른 개는 너무 많은데…. 이 귀한 네잎클로버, 엄마도 몇 개 가지고 가요. 엄마에게도 좋은 일 많이 생기게요. 네잎클로버를 이렇게도 많이 찾다니…. 우리 엄마 금손이네."

저만 행운을 다 가지기가 그래서 엄마도 챙겨가시라고 말씀드렸습니다. 엄마가 주신 네잎클로버는 하나씩 소중하게 펼쳐 책 안에 보관해 두었지요. 독박 육아로 지칠 때면 엄마가 주신 네잎클로버들을 꺼내보며 힘을 냈습니다. 바로 그해 여름, 엄마는 건강 검진을 받으러 가셨다가 우연히 몸에 이상이 생기신 걸 알게 되셨습니다. 힘든 투병 생활을 끝내시고 완치 판정을 받으신 엄마가 그러셨습니다.

"네잎클로버들 덕분에 내가 그 때, 병도 일찍 발견한 거 아닌가 싶네. 우리 딸 말 듣고 몇 개 들고 오길 잘했네. 엄마가 항암하는 동안 생각했거든. 우리 딸이 복이 많으면, 내가 살 거라고. 우리 딸 복 많네. 우리 딸이 좋은 사람이라 나도 살았네."

엄마의 좋은 마음이 가득 담겨 있었던 네잎클로버 덕분에, 저는 독박 육아를 잘 견뎌 냈고요. 당신 역시 힘든 병도 잘 이겨 내셨습니다. 그리고 엄마의 그 좋은 마음이 가득 담겨 있었던 네잎클로버 덕분에, 엄마가 제 곁에 계시네요. 엄마는 네잎클로버 덕분이라고 하셨지만, 이 모든 건 엄마의 좋은 마음 덕분이었습니다. 좋은 사람의 좋은 마음은 좋은 기운을 가지고 오더라고요.

뭔가를 하려고 애쓰기만 하면 일이 터지고, 병이 찾아오고, 오해를 받고, 마음이 다쳐 계속해서 벼랑 끝으로 몰리는 기분이 들 때가 있었습니다. 그러다 결국 벼랑 끝에 매달려 올라가려고 온갖 애를 다 써 보아도, 올라가지 못하고 계속 매달려만 있는 기분이 든 적이 있어요. 아무도 도와주는 사람은 없고, 애를 쓰면 쓸수록 오히려 누군가가 제 간절한 두 손을 벼랑 위에서 밟고만 있는 것 같았습니다. 곧 떨어질 것만 같아 괴롭고 절망적이었던 때가 있었지요.

누군가가 손만 내밀어 주면 다시 그 작은 힘으로 일어설 수 있을 것만 같은데, 내 곁에는 정말 아무도 없구나 싶었습니다. 그런데 돌이켜 생각해 보니 그때 남편이 제 곁에 있었더라고요. 저 혼자 벼랑 끝에 매달려 있는 것이 아닌가 했었는데, 남편이 제가 떨어지지 않게 밑에서

지금 행복해질 너에게

받쳐 주고 있었습니다.

상상도 못 한 일로 오해를 받아 마음이 무너져서 일어설 힘도 없던 때가 있었습니다. 매일매일 이건 꿈일 거라고 현실을 부정하며 울며 지냈는데요. 그날도 밤에 잠을 이루지 못하고 거실에 멍하니 앉아 있는데 남편이 그러는 겁니다.

"이건 어쩔 수 없이 벌어진 교통사고처럼 네 의지와 상관없이 인생에서 벌어진 일이야. 어찌할 방도 없이 인생에 일어난 일로 소중한 너를 괴롭히지 마. 넌 소중한 사람. 좋은 사람이야. 넌 지금 잘하고 있어. 나라면 못 버텼을 거야. 넌 잘 버티고 있어. 잘하고 있어."

남편은 그렇게 버틸 힘을 제게 주었습니다. "너는 좋은 사람. 너는 용감한 사람."이라는 남편의 응원이 그렇게 힘이 되었습니다. 생각지도 못한 시련에 '나는 못난 사람. 한없이 부족한 사람.'이라며 한없이 동굴 속으로 숨어 들어가려던 저를 다시 일으키게 한 말이었으니까요. 좋은 사람이 되고 싶어 애썼던 지난날들이 후회스러워 마음을 그냥 닫아 버리고 있었는데요. 저는 좋은 사람이고 용감한 사람이라는 남편의 응원은 제 마음을 포기하지 않게 해 주었습니다. 그 응원 덕분에 전 그 힘들었던 터널을 조금씩 나올 수 있었습니다.

남편은 어쩌면 제가 지나쳐 버렸을지도 모를 저의 장점들도 하나하나씩 발견하고 꺼내 볼 수 있도록 용기를 주었습니다. 연달아 일어난 힘든 일들로 인해 부정적인 감정에 매몰되니 자신감도 사라졌었습니다.

제가 가진 장점보다 저의 부족함을 먼저 보려 했던 저였지만, 한결같이 저를 믿어주고 용기를 준 남편 덕분에 조금씩 일어설 수 있었습니다. 좋아하는 것들이었지만, 살아가기가 버거워 뒤로 미뤄둔 채 한동안 쳐다보지 않고 있었던 피아노와 글쓰기도 남편의 응원 덕분에 시작할 수 있었습니다.

남편 덕분에 시작한 블로그에서 저는 좋은 분들을 많이 만났습니다. 블로그에서는 저처럼 힘든 일들로 마음이 버거워 글로 토해 내시기도 하고, 다시 마음을 추슬러 하루하루를 열심히 살아가는 이웃들이 많이 모여 계셨습니다. 글을 쓰며 자신의 꿈을 향해 한발 한발 나아가는 분들도 계셨지요. 직장 생활을 병행하며 작가가 되고 싶으신 분들, 자기 계발 강사가 되고 싶은 분들, 여행 전문가, 독서 리뷰어 분들 등 글쓰기를 통해 자신이 하고 싶은 것들을 차곡차곡 이뤄 가시더라고요.

저마다의 사연으로 힘들었던 과거를 극복하고 지금은 하루하루 행복하게 열심히 살아가시는 모습을 보며 저도 같이 힘을 얻었습니다. 글로 담담하게 적어 내려가기까지 쉽지 않았다는 것을 알기에 응원해 드리고 싶은 마음도 들었고요. 자신의 꿈을 이루기 위해 열심히 노력하는 모습을 보며 저도 덩달아 힘을 얻었지요.

글을 쓰는 사람들이 모인 곳이다 보니, 글에 담은 마음으로 서로 위로하고 응원해 주는 곳이 블로그였습니다. 이웃들의 선한 마음이 담긴 글과 댓글을 읽으며, 그리고 글로 소통하며 힘을 얻었습니다.

 글을 쓰기 전까지 저는 마음을 닫으려고만 했습니다. 관계 속에서 힘들고 상처받는 상황이 계속되자, '관계'에 대한 근본적인 회의감마저 들었었거든요. 세상은 좋은 사람으로 가득 차 있는 곳이라며 좋은 마음을 가지고 믿었던 사람들에게 배신을 당했고요. 좋은 마음을 가지고 한 행동마저 오해를 받으니 자꾸 마음을 감추고 싶어졌습니다.

 혹시 내가 부족해서 그런 건 아닐까 내가 잘못한 것은 아닐까 하는 마음이 들었습니다. 그래서 저 스스로를 사랑해 주지 못했고, 더더욱 저를 감추기만 했었지요. 선한 의도와 여린 마음은 오해를 받을 수도, 이용을 당할 수도, 얕보일 수도 있으니 그렇게 살면 안 된다며 감추고 숨기며 살라고 세상이 말하는 것만 같았습니다. 그래서 마음을 꼭꼭 숨기고 사람들과 거리를 두려고 했습니다.

 그런데 글을 쓰며 조금씩 달라지는 저를 느꼈습니다. 블로그에 솔직하게 글을 써 내려가면서 제 안에 꼭꼭 숨겨 놓으려고 했던 좋은 마음, 따뜻한 마음, 여린 마음들이 조금씩 새어 나오기 시작했습니다. 솔직하게 적어 내려간 저의 일상 글을 읽으며 이웃들은 저에게 따뜻하고 좋은 사람이라는 댓글을 달아 주었습니다. 제 글을 읽으면 따뜻해진다고, 본인들도 좋은 사람이 되고 싶게 만들어 주는 글이라고 말해주었습니다.

 따뜻한 이웃들의 선한 글들과 댓글들 덕분에 저는 제 안에 있던 좋은 마음들을 다시 꺼내 놓을 수 있게 되었습니다. 사람들을 좋아하고, 따뜻하며 여린 본성 그대로 살아가도 괜찮다고. 전처럼 다시 마음을 열고 너답게 살아도 괜찮다고 말해 주는 것만 같았습니다.

좋은 사람들의 좋은 마음 덕분에 저는 제 안에 숨어 지내던 좋은 마음을 다시 꺼내 놓을 수 있게 되었습니다. 좋은 사람, 저를 다시 찾을 수 있게 되었지요. 그리고 제가 받은 따뜻한 위로와 응원을 다시 돌려드리고 싶어 이렇게 글을 쓰고 있습니다.

"좋은 사람 곁에 좋은 사람 곁에 좋은 사람."

블로그에 글을 쓸 때마다, 마지막으로 덧붙이는 엔딩 멘트이기도 합니다. '관계'로 한참 마음이 힘든 가운데 시작하게 된 글쓰기 덕분에 저는 좋은 사람들을 많이 만났습니다. 블로그에 글을 쓰게 되면서 제 주변에 늘 좋은 사람들이 함께하고 있었다는 것을 깨닫게 되었습니다. 저와 함께해 준 가족들, 마음을 열도록 기다려 준 친구들, 그리고 블로그를 통해 만난 이웃분들까지. 좋은 사람들과 함께하고 있었습니다. 그리고 그 좋은 사람들 덕분에 저는 제가 좋은 사람이라는 것을 비로소 깨닫게 되었습니다.

여러분은 좋은 사람입니다. 좋은 사람 곁에는 좋은 사람이 있기 마련입니다. 좋은 사람 곁에는 좋은 마음과 좋은 기운이 함께 하기 마련입니다. 혹시 저처럼 관계에 지쳐 힘이 들어, 자신의 본모습을 감추고 마음의 문을 닫고 계신 분들이 계신다면 감히 말해드리고 싶습니다. 문을 열고 나오면, 좋은 사람들이 기다리고 있을 겁니다. 여러분은 좋은 사람이니까요.

이제 행복할 일만 남았습니다

에필로그 부분만을 남겨 두고 며칠을 고민했습니다. 글이 도대체가 나오지를 않는 겁니다. 미리미리 해 놓는 것이 편하고, 미루는 것을 별로 좋아하지 않는 저인데 어쩐 일인지 계속 미루기만 했습니다. 그렇게 며칠을 보내다가 깨달았지요.

"이런 개인적인 이야기를 꺼내 놓아도 되는 걸까?"
"내 이야기를 누가 궁금해할까?"
"내 이야기가 과연 도움이 될까?"

원고를 다 써 놓고선 마지막 순간 또 한 번 내부 검열관이 작동했던 겁니다. 유리멘탈 내향인이지만 알을 깨고 세상 밖으로 조금씩 나아가는 저의 이야기가 누군가에게는 위로와 용기가 되었으면 하는 마음에 호기롭게 글을 쓰기 시작했습니다. 그래서 원고를 쓰면서 즐거웠고 행복했으며, 마음이 더 단단해진 것도 사실입니다. 그런데도 가끔 저도 모르게 툭툭 검열관이 튀어나와 한 걸음 더 드러내기를 주저하게 만들더군요.

그럴 때마다 제가 쓴 원고를 다시 찬찬히 읽어 보았습니다. 원고를 쓸 때 어떤 마음이었는지, 첫 마음을 다시 떠올려 보았습니다. 그랬더니, 다시 용기가 생기기 시작하더군요. "뭐 어때. 한 사람이라도 궁금해하고, 한 사람에게라도 도움이 되면 된 거지. 적어도 한 사람에겐 꼭 내 마음이 닿을 수 있을 거야. 진심을 다해 쓰면, 마음은 닿기 마련이지." 마음을 다잡을 수 있게 되었습니다.

깨끗하게 정리 정돈해 놓은 책상도 관리를 하지 않으면 금방 더러워지듯이, 마음도 그런가 보다 싶었습니다. 어떤 날은 단단한 멘탈이었다가도 또 어떤 날은 관리하지 않으면 금세 유리멘탈이 '나 여기 있다'며 고개를 빼꼼 내미니까요.

살다 보면, '나'만 힘들다고 느껴지거나, 내 목소리를 내기가 두려워질 때도 분명히 있을 거고요. 마음이 무너져서 어떻게 살아가야 할지 막막한 기분이 들 때도, '나'란 사람 나도 잘 모르겠다는 기분이 들 때도 있을 거예요. 그럴 때마다 슬쩍 꺼내 읽으면, 괜스레 마음이 따뜻해지고 용기가 솟는 책이었으면 좋겠습니다. 걱정이 생길 때마다 내 마음을 털어놓을 수 있는 걱정 인형이 위안을 주는 것처럼, 유리멘탈이 고개를 빼꼼히 내밀 때마다 제 책이 여러분에게 그런 존재가 되었으면 좋겠네요.

　용기를 주었던 저의 좋은 사람들도 떠올려 봅니다. 조금씩 세상에 저를 드러낼 수 있도록 용기를 주었던, 글을 쓰며 만나게 된 저의 이웃들. 글 친구들 고맙습니다. "넌 작가가 될 거야. 넌 따뜻하고 좋은 글을 쓰는 생각쟁2니까."라며 응원해 주던 남편도 고마워요. "엄마, 베스트셀러 작가가 되면 꼭 아빠 폰 바꿔 주세요." 글 쓰는 엄마를 보며 자랑스러워하던 아들의 얼굴도 떠오르네요. 첫 전자책이 나왔을 때 자랑스러워하며 이런 건 모두에게 알려야 한다며 바로 구매해 준 동생들에게도 고마운 마음입니다.

　떠올리기만 해도 애틋한 두 분. 표현에는 서툴러도 늘 사랑을 가득 보내 주셨던 부모님께도 정말 감사하다는 말씀을 드리고 싶어요. 제 책이 나오는 걸 아시면 깜짝 놀라실, 늘 응원해 주시던 시부모님께도 감사의 말씀을 드리고 싶습니다. 하늘에서 기특하게 저를 지켜보고 계실 할머니께도요. 마지막 에필로그를 남겨 두고 울컥 눈물이 나게 했던 저의 소중한 친구들에게도 고맙다는 말을 전하고 싶네요. 글 쓰는 제자를 기특해하시며, 늘 제 인생의 본보기가 되어 주신 두 분의 교수님께도 감사하다는 말씀을 전하고 싶습니다. 마지막으로, 제 글을 읽어 주신 독자분들에게 진심으로 감사의 인사를 드립니다.

제 곁에 있는 좋은 사람들을 기억해 봅니다. 제 곁에 있는 좋은 마음들을 기억해 봅니다. 좋은 사람 곁에는 좋은 기운이 좋은 기운 곁에는 좋은 사람이 있기 마련입니다.

관계가 힘들어 '타인'에게도 '저'에게도 마음을 닫고 있었는데, 한 번 용기를 내어 보았더니 달라지기 시작했습니다. 제가 바로 서니 다시 관계가 보였고, 제 주변의 좋은 사람들이 보였습니다. 그리고 비로소 좋은 사람 '내'가 보이기 시작했습니다. 제가 그러했듯, 독자분들 역시 한번 용기를 내 보셨으면 좋겠습니다. 이제 행복할 일만 남았으니까요.

좋은 사람 곁에 좋은 사람 곁에 좋은 사람
생각쟁2 올림